光文社文庫

長編時代小説

すが　がき
清掻
吉原裏同心(4)
決定版

佐伯泰英

光　文　社

目次

新吉原廓内図

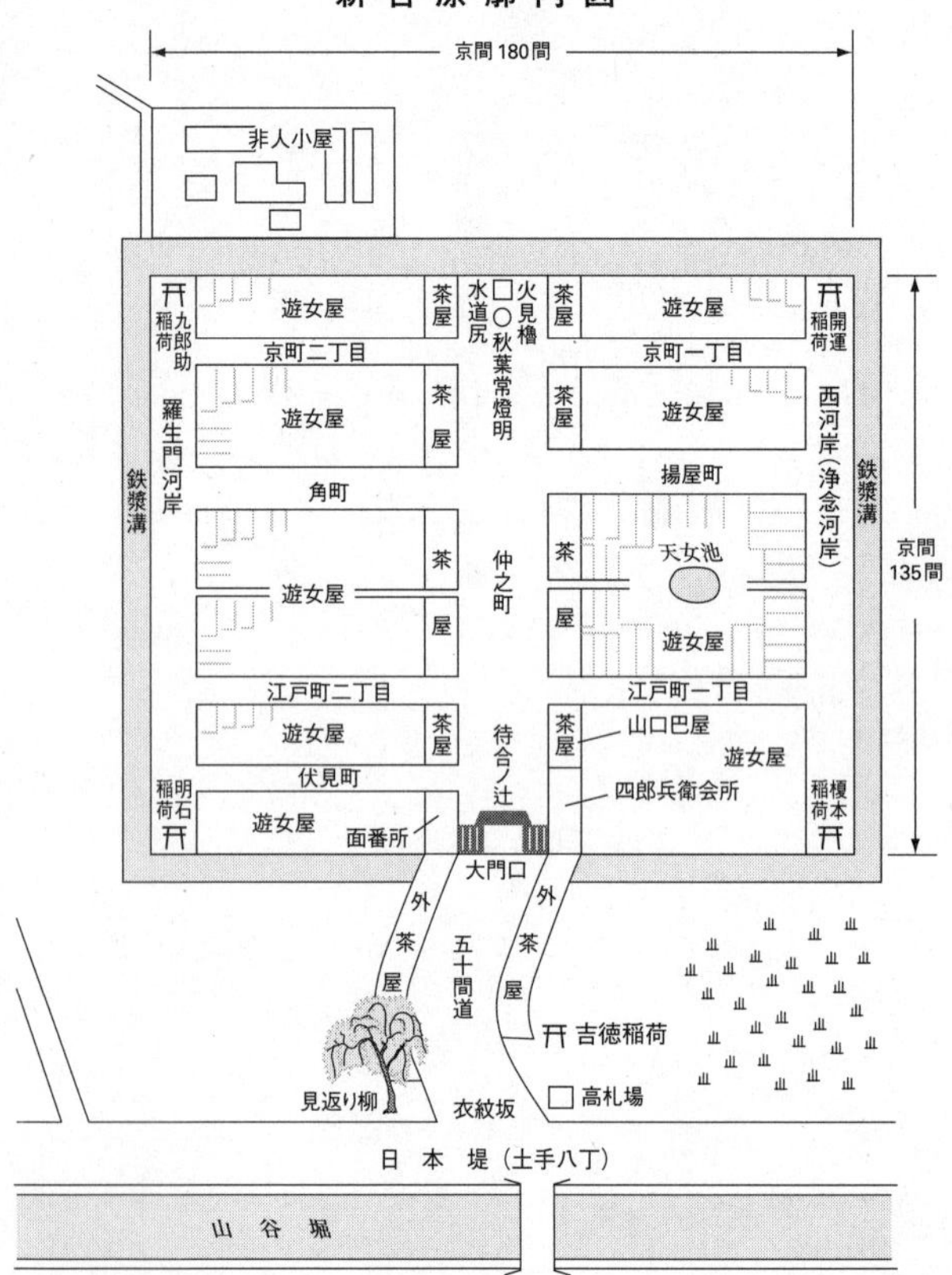
京間180間
京間135間
非人小屋
九郎助稲荷
開運稲荷
明石稲荷
榎本稲荷
遊女屋
茶屋
京町二丁目
京町一丁目
水道尻
火見櫓
秋葉常燈明
羅生門河岸
西河岸（浄念河岸）
鉄漿溝
角町
揚屋町
天女池
仲之町
江戸町二丁目
江戸町一丁目
山口巴屋
伏見町
待合ノ辻
四郎兵衛会所
面番所
大門口
外茶屋
五十間道
吉徳稲荷
見返り柳
衣紋坂
高札場
日本堤（土手八丁）
山谷堀

北
東
南
西
鐘ヶ淵
千住大橋
荒川
隅田村
千住道
小塚原
隅田川
三河島
日暮里
田端
駒込
谷中
日本堤
金杉上町
新吉原
鷲神社
今戸町
山谷堀
今戸橋
千駄木
白山
下谷
東叡山寛永寺
浅草寺
根津権現
御楽園
小石川
本郷
中堂
幡随院
広徳寺
阿部川町
東本願寺
浅草花川戸町
吾妻橋
伝通院
不忍池
新堀川
田原町
竹町ノ渡し
三間町
並木町
駒形堂
菊坂町
池之端仲町
下谷広小路
御徒町
蔵前
水戸徳川家
春日町
湯島天神
北割
牛込
森田町
御米蔵
石原町
神田明神
神田川
外神田
向柳原
神楽坂
牛込御門
小石川御門
水道橋
天王町
浅草橋
柳橋
御竹蔵
南割下
昌平橋
筋違御門
和泉橋
柳原土手
両国広小路
本所
番町
田安御門
俎板橋
雉子橋御門
一ツ橋御門
内神田
馬喰町
回向院
両国橋
市谷
竪川
市谷御門
清水御門
神田橋御門
小伝馬町
今川橋
日本橋
新大橋
常盤橋御門
北町奉行所
小名木川
室町
江戸橋
麹町
江戸城
半蔵御門
呉服橋御門
日本橋
南茅場町
仙台堀
材木町
深川
西之御丸
南町奉行所
鍛冶橋御門
京橋
組屋敷
八丁堀
永代橋
富岡八幡宮
桜田御門
霊岸島
赤坂御門
永田町
山王日枝神社
数寄屋橋御門
西本願寺
石川島
越中島
新橋
築地
佃島
溜池
幸橋御門
汐留橋

『清掻』主な登場人物

神守幹次郎……豊後岡藩の元馬廻り役。幼馴染で納戸頭の妻になった汀女とともに、逐電。その後、江戸へ。汀女の弟の悲劇が縁となり、吉原会所の七代目頭取・四郎兵衛と出会い、遊廓の用心棒「吉原裏同心」となる。

汀女……幹次郎の三歳年上の妻。借金を理由に豊後岡藩の納戸頭藤村壮五郎の妻となっていたが、幹次郎とともに逐電。幹次郎の傍らで、遊女たちに俳諧、連歌や読み書きの手解きをしている。

四郎兵衛……吉原会所の七代目頭取。幹次郎を吉原裏同心に抜擢。幹次郎・汀女夫妻の後見役。

仙右衛門……吉原会所の番方。四郎兵衛の腹心で、吉原の見廻りや探索などを行う。

玉藻……料理茶屋・山口巴屋の女将。四郎兵衛の実の娘。

村崎季光……吉原会所の前にある面番所に詰めている南町奉行所隠密廻り同心。

足田甚吉……豊後岡藩の中間。幹次郎・汀女の幼馴染。

薄墨太夫……人気絶頂、三浦屋の花魁。

清搔（すががき）――吉原裏同心（4）

第一章　初春無心文

一

正月二日、世間では一年の商いの始まり、初売りと称した。

だが、吉原では反対に初買いといった。

客が金で遊女の身を買う、それが吉原の売り買いだ。肉欲を商いの種にする遊びの世界だけに遊女も飄客も衣装を凝らして、粋と張りを競い合い、遊里の内外に華やいだ雰囲気を漂わした。

そんな松の内の昼下がり、神守幹次郎と汀女は根岸の里を訪ねた。

この地に隠棲する駿河町の紙問屋武州屋の隠居、翔鶴へ文使いを頼まれたのだ。

文を頼んだのは京町二丁目の大見世（大籬）茜楼の遊女の一橋で、頼まれたのは汀女だ。

一橋は汀女の書や和歌の弟子である。

弟子が師匠を使いに立てるなど世間ならば不見識のそしりを免れまい。だが、吉原は大名、豪商を相手にする松の位の太夫から切見世（局見世）の女郎まで、ままにならない籠の鳥だ。勝手に遊里の外に出ることなど叶わない。

馴染の客へ使いを出すには中宿（出合茶屋）や船宿まで文を届けさせるのが仕来たりだ。そこから文使いが客のもとへ走るのだ。

だが、一橋がわざわざ汀女を煩わしたには、理由があった。

一橋は、

「汀女先生、わちきは歌に詠まれた根岸の里を知りんせん。先生の目で見てきて、話しておくんなんし」

「おやすい御用ですよ」

「汀女先生、それに翔鶴様と汀女先生なら和歌の達者同士、話が合いそうにござりんす。文には先生のことを認めてありんすから」

と和歌詠みのふたりの仲を取り持つ意味合いが込められていた。

だが、請け合ったものの汀女は、根岸の里がどこにあるのか知らなかった。

「姉様、それがしが案内しよう。なあに、目指す隠宅まで姉様を案内したら、それがしはぶらぶらと根岸界隈を散策していればよいことです」

「幹どのは翔鶴様に会われませぬか」

「吉原からの文使いに二本差しが同道するのは無粋にあろう。姉様はごゆっくりと翔鶴様と和歌の話などしてきなされ」

ということで幹次郎と汀女は東叡山寛永寺の北側に位置する根岸の里を訪れた。

初春の日差しが長閑に散り、鶯がまだ蕾の固い梅の小枝で鳴いていた。

「舌かろし　京うぐいすの　御所言葉、と詠まれたのはだれでしたかなあ。根岸の里の鶯はことのほか、鳴き声がよいそうにございます」

「それはまたどういうことで」

「江戸の鶯は声がらが悪いからと東叡山のご門主が京の鶯をこの地にお放ちになりましたそうです。根岸の鶯は、他の鶯とはまるで違うのだそうですよ」

「それがしにはどの鶯の鳴き声も同じに聞こえるがな」

紙問屋武州屋の隠居所は、西蔵院の裏手と接し、古い百姓家の長屋門を移築した門構えで、その奥に凝った造りの母屋が按配よく竹林と梅林に囲まれているのが外からちらりと望めた。

「姉様、ごゆっくりな」

幹次郎はそう言い残すと、独りだけ下谷山崎町に向かった。

山崎町には香取神道流の達人津島傳兵衛直実が道場を構えて、多くの剣術家や門弟が出入りしているのを承知していた。

幹次郎は、前々から一度見学にと思っていたのだ。

坂本町の通りを過ぎり、下谷御切手町から山崎町へと抜けた。辻で客待ちをする駕籠屋に津島道場の場所を訊くと、

「この路地をまっすぐに抜けなせえよ。半丁（約五十五メートル）も行かないうちに剣術の気合が聞こえてきまさあ」

と教えてくれた。

その言葉通りに進むと、道の東側の武者窓から稽古の様子が伝わってきた。

昼下がりというのに何十人もの弟子たちが熱心に稽古に励んでいる様子だ。

幹次郎は表に回った。

開け放たれた質素な門の向こうに表戸が見え、さらに奥に八十畳ほどの道場が望め、大勢の門弟たちが袋竹刀で打ち込みに汗を流していた。

門構えといい、開け放たれた様子といい、どこか清々しかった。

稽古着が真新しい者もいて、初稽古かなと幹次郎は思った。

今しも表口に稽古着の中年男が立ち、羽織袴の武家を見送っていた。

幹次郎は客が辞去するのを待って、稽古着の門弟に声をかけた。

「それがし、浅草田町に住まいする浪人者にございます。ご迷惑はかけませぬ、道場の片隅から見学をお許し願えませぬか」

「なんぞ仔細がおありか」

門弟は幹次郎の人相風体をあらためながら、

「道場破りか」

と直截に訊いた。

「いえ、なんの仔細もございませぬ。津島先生のご高名を前々から聞き及んでおりました、ただお稽古の見学を願いたいだけにございます」

門弟は、

「待たれよ」

という返事を残すと見所に伺いを立てた。

見所には数人の武士がいて、稽古ぶりを監督していたが、そのひとりが幹次郎を見た。稽古着姿から当主の津島傳兵衛と見受けられた。

「おや」

という表情を見せた傳兵衛に幹次郎は黙礼をした。

使いの門弟が表口まで戻ってくると、

「先生の許しが得られた」

と中へ誘った。

やはり見所の人物が道場主の津島傳兵衛だった。

「恐縮にございます」

幹次郎は腰の大刀を外すと手に提げて上がった。すると門弟が、

「こちらに」

と案内する様子を見せた。

頷いた幹次郎は門弟に従った。

驚いたことに案内されたのは津島傳兵衛らが稽古を見守る見所近くの壁際であった。

「こちらにございますか」

「こちらにござる」

　幹次郎はその場に正座すると手に提げていた剣を体の右側へ置き、見所にかけられた神棚に向かって拝礼した。

　神棚には鏡餅や蓬莱が飾られ、正月の稽古風景を醸し出している。

　顔を上げた幹次郎を津島傳兵衛が確かめるように見ていた。

　幹次郎は今一度会釈をすると稽古に目をやった。

　香取神道流は正式に天真正伝香取神道流と称し、創始者は下総国香取郡飯篠村の出にして、香取神宮の神護を念じて、香取神宮に籠って武術の鍛錬を始めた飯篠長威斎家直である。

　家直は元中四年（一三八七）の生まれであった。

　この長威斎家直の創始した香取神道流が東国の武術を代表して、後年、槍、薙刀など諸流派の技の中核に継承されていく。

　東国の武芸の原点が香取神道流だ。

　武芸十八般を網羅した香取神道流の中でも太刀は、

「表之太刀四ヶ条
　五行之太刀五ヶ条
　極意七条之太刀三ヶ条」

と十二の形を持っていた。

家直は武芸十八般の形の悉くを後世に残したが、

「兵法は平法なり」

戦いの真髄は、

「戦わずして勝つことなり」

と主張した。

下谷山崎町の道場主、津島傳兵衛は日本で最も古い兵法の継承者であったのだ。

幹次郎は雅と戦国の気風を残した流儀の打ち込みをいつしか熱心に見入っていた。

稽古の流れと空気に三百五十年を優に超える伝承の技が覗き、道場稽古は加賀金沢の眼志流小早川道場の、土臭い雰囲気しか知らぬ幹次郎にはすべてが珍しく、荘厳な精神性をも感じさせられた。

「止め！」

の声がかかり、門弟衆が左右の壁へと退いた。すると見所から、

「お客人、流儀はなにかな」

と問いかけられた。

顔に笑みを含んだ津島傳兵衛その人だ。

「奉公しておりました折りに旅の老武芸者に示現流を、さらに浪々の身になりまして眼志流の居合を少しばかり学びました。ふたつともにかたちにならないままにございます」

「示現流、眼志流の居合術か。ふたつとも東国では珍しき剣術じゃな」

と言った傳兵衛が、

「見物ばかりでは面白うあるまい。次からは汗を流しにお出でにならぬか」

「津島先生、それがしのような浪々の者でもよろしいので」

「剣の道を志す者には等しく当道場の門は開かれておる」

「有難うございます」

その場に頭を下げる幹次郎の耳に傳兵衛の声が聞こえた。

「ただしうちには習わしがござってな。門を叩く者はかたちばかりじゃが腕試しをしていただく」

門弟衆にざわめきが起こった。

そのような習わしがあったかと訝るざわめきだった。

だが、傳兵衛は構わず、

「師範頼近巧助、相手を」

とさっさと幹次郎の試しの相手までを指名した。

頼近巧助は先ほど表口で幹次郎と会話を交わした門弟だった。

その頼近の面上にも不審の色が漂っていた。

だが、師匠の命である。

頼近は、

「はっ」

と畏まると立ち上がった。

「試しは一本、袋竹刀とせよ」

津島傳兵衛が未だ座す幹次郎に追い討ちをかけるように言った。

事ここに至れば受けるより仕方ない。

「不調法にございますが」

と断わった幹次郎は、脇差を腰から抜くと無銘の長剣の傍らに置き、立ち上がった。すると門弟のひとりが長さの異なる袋竹刀を運んできた。

「造作をかけます」

幹次郎は三尺三寸（約一メートル）余の袋竹刀を手に取ると軽く振り、

「お借り致す」

と会釈した。

頼近巧助はすでに道場の中央に立っていた。

幹次郎は頼近の正面に向かい合うとまず一礼し、

「神守幹次郎にございます、お手柔らかに」

「こちらこそ」

頼近が受けた。

「頼近、当道場の試しに手を抜くなどということは許さぬ！」

と傳兵衛が険しい声で命じた。

頼近が、
ちらり
と師匠の顔を見て、

「はっ」

と畏まった。

さすがに津島道場の師範だ。幹次郎に向き直ったときには、すでに顔の表情が一変していた。

ふたりは間合一間半（約二メートル七十三センチ）、相正眼で構え合った。

中背の頼近は四十歳前後か。構え合った瞬間、道場剣法で培った隙のない防御の姿勢を取った。それは臨機応変に変化対応する構えで、

「不敗の姿勢」

ともいえた。

一方、幹次郎は頼近の動きに合わせようと構えていた。

その両者の姿勢が膠着の時間を生み出した。

だが、ふたりの対決に弛緩はなかった。張り詰めた空気を醸し出しながらもふたりのどちらも積極的に攻めることを遠慮していたのだ。

「頼近巧助、そなた、でく人形か！」

見所から津島傳兵衛が嗾けるように叱咤した。

その声に頼近の顔がさらに険しくなった。

「待ちの姿勢」

を師匠の言葉に捨てざるを得なくなった頼近が正眼の袋竹刀を引きつけた。

幹次郎も正眼の袋竹刀をゆっくりと脇構えに移し、腰を沈めた。

引きつけられた竹刀が上段へと移行し、静かに呼吸を繰り返していた頼近の顔

が朱に染まった。

「ええいっ！」

裂帛の気合とともに頼近巧助が怒濤の突進を見せた。

幹次郎は頼近が勝負の間仕切りを切るまでその場を動くことなく待った。

道場に固唾を呑む声が重なった。

頼近の重い上段からの打ち下ろしが幹次郎の脳天を襲った。

その瞬間、沈めていた腰が伸び、脇構えの竹刀が激流を昇る岩魚のように躍った。

ばしり

乾いた音が響いて、幹次郎の竹刀が頼近の胴を捉え、横倒しに飛ばしていた。

「それまで」

傳兵衛の声が響いた。

道場に緊迫の空気が流れた。

師範が見知らぬ見学者に敗れたのだ。

幹次郎は元の位置に戻り、座した。

蹌踉と頼近巧助も立ち上がり、幹次郎の前に必死の思いで座った。

「頼近巧助、許せ」

という傳兵衛の声が響いた。

はっ

という顔で頼近が見所を見た。

「勝負はな、最初から分かっておった」

「師匠、なんと申されましたな」

頼近巧助の血相が変わっていた。

「頼近、そう憤るでない。そなたの相手をなされた神守幹次郎どのは、吉原の四郎兵衛会所の裏同心を務められるお方でな。吉原の五十間道で常陸浪人四兼流の鰐淵左中と申される剣客に真剣勝負を挑まれたところをそれがし、偶々拝見致したことがあるのだ」

「なんと」

と声を漏らしたのは幹次郎だ。

吉原にできた見番の頭取大黒屋正六に雇われた剣術家との真剣勝負を傳兵衛は見ていたという。

「頼近、そなたはわが道場で師範を務めるほどの者、世に出しても恥ずかしくはない技量をすでに持っておる。だがな、道場の稽古でどうしても足りぬものがある。真剣の下を潜って命をやり取りなされてきた神守幹次郎どのの修羅場の剣の呼吸よ」

「はあ、いかにも」

残念そうに頼近巧助が答えた。

「先生、私が神守どのを案内してきたときからすべて見通して、腕試しなどと奇妙な習わしを申されましたので」

「そういうことよ」

と笑った傳兵衛が、

「神守幹次郎どのも許されよ。ちと座興が過ぎたか。だがな、道場での打ち込みばかりを繰り返しておると、小手先だけの剣となり申す。そのことを門弟たちに教えたかったのだ。そなたをだしにして相すまぬ」

と頭を下げた傳兵衛が、

「神守どの、御用の暇の折りにうちに通ってこられぬか。改めてお願い申す」

と願った。

「津島先生、真にもって勿体なきお言葉にございます。それがしのほうからお願い申し上げます、どうかご門弟衆の端に加えてくださりませ」

「師範の頼近巧助を一撃のもとに破られたそなたを門弟にできようか。客分格(きゃくぶんかく)でな、好きなときに好きなように稽古にお出でなされ。その折り、門弟たちとな、稽古を願いますぞ」

「有難きお言葉にございます」

幹次郎が道場の床に頭を擦(す)りつけた。

「先生もお人が悪い。神守幹次郎どののように修羅場を潜り抜けられた剣客の相手になんでそれがしを選ばれたか」

と見送りに出た頼近巧助がまた一頻(ひとしき)り表口で幹次郎にぼやいた。

「いえ、頼近先生、それがしも肝(きも)を冷やされました」

勝負を戦った両者は全く屈託(くったく)のない会話を続けた。

「幹次郎どの、先生の言葉にございますぞ。ぜひ近いうちに稽古にお出でなされ。われらはそなたから実戦剣法を学びとうございますでな」

「それがしこそ、道場の稽古を楽しみにしております」

「近いうちに再会を」

何度も言い合ったふたりは、笑顔で別れた。

二

根岸の里に戻るとすでに汀女は、武州屋の隠居所の前に立っていた。

「姉様、待たせたか」

駆けてきた年下の亭主を笑顔で迎えた女房が、

「なあに、先ほどお暇(いとま)をしたところですよ。幹どのはどちらに行かれましたな」

と問いかけてきた。

「香取神道流の津島傳兵衛様の道場を見学に訪れたらな……」

幹次郎は驚きの展開を述べた。

「なんと、津島先生がそなたの仕事ぶりをご覧になっておられたのですか」

「そうなのだ。先の大黒屋正六一味に雇われた鰐淵左中どのとの勝負を見ておられたとか、師範の頼近どのとの腕試しを所望(しょもう)なされた」

「幹どの、道場に通われまするか」

「それがし、道場での稽古は後にも先にも加賀金沢城下外れの小早川彦内(ひこない)先生の道場で致したのみじゃ。江戸でそれができるなれば、これに勝(まさ)る幸せはない。第

「……」

幹次郎は津島道場の雰囲気を伝えた。

「ようございました。そうやって剣のお仲間が増えるのはなによりのことにございますよ」

汀女は身過ぎ世過ぎとはいえ、幹次郎が吉原会所の手先になったことで、血腥(ちなまぐさ)い仕事で一生を終わらせたくはないと密(ひそ)かに考えていたのだ。それだけに幹次郎が剣術家たちと知り合う機会を得たことが喜ばしかった。

夫婦は話し合いながら、幹次郎が今駆けてきた道を肩を並べて歩いていった。

まだ日は高い。

それに今日は遊女たちに書道から和歌までと文芸百般を教える汀女の手習い塾は休みだった。用事が終われば根岸の里界隈でなんぞ食していこうと話し合って長屋を出てきたのだ。

「姉様のほうはどうであったな」

「翔鶴様は洒脱(しゃだつ)なご老人でございました。書から香道(こうどう)、茶道まではそれはそれはお詳(くわ)しい。私のは耳学問にございますが、翔鶴様は実際に茶室、茶道具をお持ちで茶に親しまれる。五体(ごたい)に刻み込まれた芸です、ものへの接し方がまるで違います、教えられることばかりでございました」

「和歌の話はなされたか」

「翔鶴様に披露するような知識も和歌もございませぬ。それでもなんとも楽しいひとときを過ごさせてもらいました」

「それはよかった」

「翔鶴様は近々吉原にお遊びに参られるそうです。そのときにはこの私を一橋様の座敷にお招きいただけるそうです」

「ほう、それは楽しみが増えましたな」

「今日は幹どのも私も新しい縁を得た日になりましたな」

「では、どこぞの食べ物屋に上がり、お祝いを致しましょうか」

ふたりがあれこれと話しながら歩いていると、根岸新田の辻に、

「豆腐料理　笹乃雪」

という暖簾を掲げる店の前に出ていた。

「姉様、ここは豆腐料理が名物の店にございますぞ」

「豆腐料理で笹乃雪ですか、風流なお名前ですねえ。食してみましょうか」

汀女が訪いを告げると女将か、島田崩しに結い上げた女が、

「お日和でよろしゅうございますな」

と迎えてくれた。

「お席がございましょうか」

「三が日の夕暮れにございます、どこでもお好きなところにお座りくだされ」

ふたりは庭を見渡せる大部屋の窓辺に座した。

庭には梅と笹がすっきりと配され、大小の庭石が空間を引き締めていた。

汀女が女将と話して、この家の名物料理を頼んだ。

津島道場で汗を掻いた幹次郎のために酒が注文された。

暮色がゆっくりと訪れる中、ごま豆腐、白和えなどの料理で二合の酒を夫婦で分けて呑み、その後、湯豆腐でめしを食した。

「幹どの、幸せでございますな」

「極楽とはこういう境地にございましょうかな」

「幹どのと手に手を取り合って、豊後岡藩のご城下を抜けたのは安永五年（一七七六）の夏、十一年前のことでした……」

納戸頭二百七十石藤村壮五郎の女房汀女と馬廻り役十三石の幹次郎が逐電したとき、当然、追っ手がかかった。

汀女と幹次郎は、同じ長屋で姉弟のように過ごした。

その汀女が藤村の嫁に行ったのは汀女の父が病に倒れ、金貸しを密かに行う藤村から借金し、返済を滞らせたゆえだ。

十八歳も年上の藤村は汀女の家の借金の返済が滞ることを承知で、つまりは汀女の身をもらい受けることを考えて金を貸したのだ。

幹次郎は汀女を強引に口説いて、逐電した。

以来、ふたりは追っ手を逃れて、冬の日本海の海辺を逃げ回り、加賀の金沢での一時の安息も束の間、富山から滑川、泊、新潟、酒田、本荘、秋田、弘前、青森と北へ北へと流浪の旅をした。

ふたりが初めて江戸に足を踏み入れたのは天明五年（一七八五）の晩夏、今から一年半前のことだった。

その直後、豊後岡藩から放たれた追っ手と遭遇し、妻仇討の場を吉原会所の四郎兵衛に見られ、会所が岡藩と幹次郎、汀女ふたりの間に入って、長い戦いにけりがついた。

その後、夫婦は吉原会所の雇人として手当をもらい、ようやく落ち着いた暮らしができるようになっていた。

幹次郎と汀女の胸には未だ追っ手の影に怯える十年の不安の日々が暗く沈潜していた。それだけに今の暮らしが貴重であり、なにより大切であった。

「姉様と岡藩を出たのは、早や十一年も前のことになるか」

「幹どのとこのような暮らしができようとは夢にも思いはしませんでした」

「ほんにのう」

と答えた年下の亭主の胸に一句浮かんだ。

　松の内　酌むや夫婦で　笹の雪

(姉様にはとても披露できぬな)

いつまでも上達せぬ句を胸の内で嘆いた。

幹次郎が句を詠むようになったのは、追っ手にかかる旅の徒然にその日その日の想いを五七五に託してみよと汀女が手解きしてくれたのが切っ掛けだ。

汀女はいつも拙い幹次郎の句を、

「素直な句作です、情景が浮かびます」

と褒めてくれた。

「さて参りましょうかな」

汀女が立ち上がり、笹乃雪の店内を見回すといつしか正月の客で一杯になっていた。

根岸の里から坂本村に出て、遠くにぼおっと灯りが霞む吉原を目指した。

元吉原から新吉原へ幕府から移転が命じられたのは明暦二年（一六五六）十月九日のことだ。明くる年の明暦の大火で江戸の大半を焼失し、府内再建に沿って、吉原も浅草田圃に移転された。

以来、百三十年もの歳月、吉原は繁栄の一途を辿っていた。

東西京間百八十間、南北京間百三十五間、総坪数二万七百六十七に遊女三千人が妍と見栄と張りを競い合い、それに三、四倍もする男衆や女衆が遊女たちの商いと技芸を支えていた。

幹次郎と汀女もその一員、この吉原の自治組織、吉原会所の用心棒と廓内の耳目であった。

汀女の心の中には、血で暮らしを購う幹次郎の生計をなんとか変えさせたいという気持ちはあった。だが、幹次郎には姉様との日々を保つ、そのためには剣槍の戦いに身を晒すことも厭わない決心ができていた。そして、この一年の吉原

会所勤めから己の剣で、

「吉原の遊女」

を守り抜くという気構えと覚悟ができていたのだ。

ふたりが浅草田圃の畦道から見つめる万灯の灯りの下には遊女の気概と哀しみが隠されていた。

「ご両人揃ってお出かけとは、吉原が安穏な証しにございますな」

という声がかかった。

浅草溜の門前に車善七が立ち、ふたりに声をかけたのだ。

「善七どの、お健やかなご様子にございますな」

汀女は初めて間近で顔を合わせた非人頭の車善七に黙って会釈した。

「神守様のご評判のご新造ですかな、車善七にございますよ」

「幹どのが世話をかけております」

「なんのなんの」

と笑った善七が、

「かような場所にございますが神守様のお住まいとは目と鼻の先、なんぞあればお出でなされ」

と誘いかけた。

「そう致します」

律儀に応えた幹次郎と汀女は吉原を目指す男たちの間に挟まれて、浅草田町の左兵衛長屋の前まで戻ってきた。すると同じ長屋に住む引手茶屋の男衆の女房おかよが、

「つい最前、会所の長吉さんが見えていたよ」

と告げた。

おかよの子供の元八は、汀女が長屋で開く寺子屋の生徒であった。

「御用かのう。姉様、この足で会所に顔を出して参る」

「ご苦労様にございますな」

「茜楼の一橋太夫に文の一件伝えようか」

「暇があれば、文は届けたと茜楼の番頭どのにでも伝言してくだされ」

「そうしよう」

姉様女房に見送られて、幹次郎は日本堤（土手八丁）に出た。

六つ（午後六時）を過ぎた刻限、深編笠に面体を隠した、医者の装束に身形を変えた僧侶、さらには懐手の八つぁん、熊さんまで、高ぶらせた気持ちを山谷

堀から吹き上げる川風に冷まされながら大門へと急いでいた。さらには、

「ほいかご、ほいかご」

との掛け声も勇ましく三枚肩の駕籠が走った。乗っているのは鳶の頭か。

見返り柳は新芽を吹き、春の息吹を感じさせて、遊客をいつものように迎えていた。

幹次郎は衣紋坂へと曲がった。

衣紋坂の衣紋とは衣服のことだ。『吉原大全』に曰く、

「是より原へいたる万客、このほとりにて多くは衣紋などかいつくろうゆえ、かくは名付たり」

とある。だが、違う説もあった。吉原の町の造りそのものが京の島原を引き移したもので、その証しに江戸でも京間の造りはこの傾城内だけであったが、

「京島原の出口の前に小さき石橋有、是を衣紋橋と云て……」

と『北里見聞録』にあるように、その島原遊廓を真似て、

「橋の名を坂の名」

に置き換えただけのことという。だが、縁起は別にして、遊客の大半がこの坂で衣紋を正した。馴染の遊女によく見られようとするのは男の気持ち、人情とい

うものだろう。

そんな遊客の間を幹次郎は三曲(みま)がりの五十間道を通って足早に大門前に出た。

左手の面番所(めんばんしょ)をちらりと見た。

町奉行所支配下の遊里のこと、隠密廻り(おんみつまわ)同心、御用聞きたちが昼夜二交代で警戒に当たっていた。だが、それは形式、廓内の治安は右手の吉原会所、別名四郎兵衛会所が実際に取り仕切っていた。

面番所の前にはだれもいなかった。

幹次郎は会所の前を素通りして江戸町一丁目へと曲がった。

和泉楼(いずみろう)と讃岐楼(さぬきろう)の間の路地にすうっと姿を入れた。そこには老婆が座っていて、遊客が入り込まないように見張っていた。

「神守様、おめでとうございます」

老婆が新年の挨拶をした。

「おめでとうござる。本年もよろしくな」

幹次郎は吉原裏同心の通用路を抜けて、裏口から吉原会所へと入った。すると台所の土間に若い衆(わかいし)を束ねる小頭(こがしら)の長吉らがいた。

「長吉どの、無駄をさせて申し訳ない」

「なんの、お出かけでしたかえ」

「根岸の里までな、出ておった」

「そりゃ、風流な」

奥座敷に向かうと会所頭取七代目の四郎兵衛と番方の仙右衛門とが、なにごとか話し合っていた。

「御用というのに留守をして申し訳ございませぬ」

「なんの、正月早々に茜楼の一橋の文使いを夫婦でなされたか」

さすがに吉原の動きを把握する四郎兵衛だ、幹次郎らが武州屋の隠居所に行ったことを承知していた。

「偶々、番方が茜楼を訪ねる用があって、汀女先生に使いを頼んだことが知れたのですよ」

と四郎兵衛が種明かしをした。

汀女の手習い塾は妓楼の座敷を昼間に借りて開かれていた。年の瀬、最後の手習い塾が茜楼で開かれたのだ。

「翔鶴様はお元気でしたかな」

「それがしはお会いしておりませぬ」

と幹次郎は根岸に汀女を送ったあと、下谷山崎町の津島道場を訪ね、傳兵衛の命で試し稽古をさせられた経緯を述べた。

「ほうほう、津島先生が神守様のことを承知でしたか」

「傳兵衛先生は吉原に見えますので」

「あのように洒脱な人物ゆえ、大名家の家老や留守居役との付き合いも多い。その方々に招かれてときに遊ばれますよ。それにしても神守様のことを知っておられたとは」

と応じた四郎兵衛が、

「津島先生の道場にお通いになるのは、神守様にとって喜ばしいことにございますよ。暇を見つけて精々お通いなされ」

と勧めてくれた。頷いた幹次郎は、

「姉様の話によりますと翔鶴様はお元気とか、近々吉原の門を潜った折りには姉様も座敷に招くと言われたそうな」

「夫婦してよき日にございましたな」

幹次郎が頷き、

「御用とはなんでございますか」

と訊いた。

「厄介が生じておりますが、今のところはまだ大したものではありませぬ」

と四郎兵衛が言い、会所の番頭格、番方の仙右衛門を顧みた。

「本日、汀女先生が一橋の文使いをなされましたが、吉原ではなかなか馴染の客に直接文を渡すことはできかねまする」

それはそうであろう。

大家の主であれ、大身旗本であれ、奥方どのに推奨されての吉原通いはそうそうあるまい。遊女から文が来たことを女房には知られたくないのが男の気持ち、人情というものだ。

「そこで遊女が馴染客に文を出す場合、柳橋の船宿か田町の中宿に届けさせるのが習わしです。客はそこで女郎からの文を披く、中宿でまず初手からの封を切り、という川柳の通りにございますよ」

吉原に近い田町に会所から長屋を用意された幹次郎は、しばしば文使いが中宿を訪ねる光景を見ていたから、頷いた。だが、船宿にまで遊女の文が届けられているとは知らなかった。

「その仕来たりを悪用した野郎がいるんで」

仙右衛門の語調が険しくなった。

「大籬五十鈴楼の千代女がいつも文を預けるのは、柳橋の船宿夕凪です。文の相手は数人の馴染の上客です。そんなひとりに魚河岸の魚問屋藤千の若旦那の参蔵さんがいました。その参蔵さんが初買いに千代女を訪ねたと思ってくだせえ」

魚河岸は朝が早いかわりに昼前には仕事仕舞いができた、そんなわけで昼遊びを行う旦那衆もいた。

「なんぞ起こりましたか」

「程よく遊んで床に入り、帰る段になって、参蔵さんが千代女に訊いたそうで……」

「花魁、百両もの大金、なにに使ったな」

千代女が訝しい顔で参蔵を見上げた。

「ぬし様、百両とはなんのことでありんすな」

「知れたこと、昨日、どうしても急ぎの入用で百両がいるとおれに文使いを寄越したじゃねえか、花魁」

「待ってくんなまし、わちきはぬし様に金の無心の使いなんぞをやった覚えはござんせん」

「馬鹿言っちゃいけねえな。おめえの筆遣いで無心の文が届いていらあな。そいつをとぼけようというのか」

「ぬし様、金子のことでとぼけようとは思いませぬ。それに吉原の文使いは柳橋までが仕来たり、ぬし様のもとに届ける野暮をしとうはござんせん」

千代女と参蔵が顔を見合わせた。

「……そんなわけで五十鈴楼の番頭が会所に届けてきたんでさあ」

「だれぞが吉原の文使いに化けて、百両を客から騙し取ったのですね」

「そういうことですよ」

と番方に代わり四郎兵衛が返事をして、

「男心につけ入ったような、かような騙しはとかく繰り返されます。となると吉原に関わりがなくとも悪い評判が立つことになる。それをな、番方と先ほどから心配していたんですよ」

「参蔵どのに届けられた文は残っておりましょうか」

「遊女から来た文です。参蔵さんはてっきり千代女の無心文と思ってますから、ふたつ返事で百両は渡し、家人に知れないように文は燃やしたそうなんで。河岸の若い衆の気風を悪用した騙しですよ」

「男は船宿の若い者ですか、それとも吉原の男衆ですかね」

「参蔵には五十鈴から来ましたと声をかけたそうなんで」

と答えた仙右衛門が、

「この騙し、必ず繰り返されます」

と繰り返した。

三

翌日、番方の仙右衛門と幹次郎は日本橋の魚河岸を訪ねた。

魚問屋藤千の若旦那の参蔵に話を聞くためだ。

芝河岸に呼び出された参蔵は機嫌が悪かった。

「会所がなんの用事だ」

参蔵は仙右衛門につき従う幹次郎をじろりと見た。

「五十鈴楼の千代女の使いと称した男の人相を知りたくて、若旦那に訊きに来たんでございますよ」

仙右衛門がゆっくりとした口調で答えた。

「千代女が頼んだんだぜ、花魁に訊くがいいや」

「若旦那、千代女は文使いなんぞ出していません」

きっ、とした顔で参蔵は仙右衛門を見た。

仙右衛門は静かに参蔵の視線を受け止めると頷いた。

「たしかなんだな」

「へえ。ありゃ、間違いなく吉原を騙ったものですよ。花魁には一切関わりがございません」

「ほんとの話かえ、あれは」

参蔵が念を押し、仙右衛門が頷いた。

どうやら百両が因で参蔵と千代女の仲が縺れているらしいと幹次郎には推測がついた。

参蔵の顔色が変わった。

「若旦那、花魁のことなら心配いりませんよ。わっしのほうからもよく言っておきます」

「分かった」

と答えた参蔵が、

「うちに来た野郎だが、腰を屈めて揉み手をしている様はいかにも吉原者だったぜ。歳の頃は三十二、三、背丈は五尺四寸（約百六十四センチ）かねえ、細身でさ、どこにもありそうな面つきだったねえ」

「羽織は着てましたか」

「ぞろりとした長羽織を着ていたな、ちらりと見えた裏地は危な絵だ、男と女が床で絡んだ図だったな」

仙右衛門はそれだけで吉原の男衆ではないと見当をつけた。

吉原は遊女を表にした世界だ、男衆が裏地ひとつにしても目立ってはいけないのだ。

「その男は名乗りましたかねえ」

「ああ、五十鈴楼の掛廻りの馬久と名乗ったな」

掛廻りとは遊客の家を廻り、未払い金を集める掛取り役の男衆だ。客との掛け合いが要るのでどこの妓楼も弁の立つ、腰の低い男を配していた。

「これまで若旦那は会ったことはございませんので」

「掛廻りをもらう遊びはしたことはねえや」

「ごもっともにございます。ところで若旦那、初めて会った馬久をどうして五十鈴楼の男衆と信用なされたので」

「だってよ、当人が名乗ってんだぜ。それ以上たしかなことがあるか」

魚河岸の若旦那らしく実にあっさりとした答えだった。

「それにさ、千代女のことも妙に詳しいや。おれがこの前、上がったときした千代女との話なんぞをちらりと持ち出しやがった」

「どんなことをでございますか」

「千代女が甘いものが好きだというのでよ、おれが長命寺(ちょうめいじ)の桜餅の季節になったら、土産(みやげ)に持ってこようなんて話をしたんだ。掛廻りの野郎、花魁から長命寺の桜餅を忘れないでくださいましなと言づけがありましたと言いやがったんだ。五十鈴楼の座敷で話したことだぜ、おれだって五十鈴楼の男衆と信用しようというもんじゃねえか」

「まったく手が込んでますね」

と相槌(あいづち)を打った仙右衛門は、

「五十鈴楼の掛廻りは仏(ほとけ)の亀吉(かめきち)という年寄りでしてね、馬久なんて噺家(はなしか)みてえな名じゃあねえんで」

「糞ったれが」

参蔵は真新しい下駄の先で河岸に転がる石を流れに蹴り込んだ。

仙右衛門が幹次郎を見た。

「参蔵どの、馬久は花魁の文を持参したのですね」

「ああ、持ってきたぜ」

「文の内容はどのようなものでござったか、覚えておいでか」

「なんでも急に金子百両の入用が生じたゆえ、末は一緒になると約束してくれたおまえさんにお頼み申すみてえな文面よ」

「参蔵どのは花魁を落籍すおつもりか」

「親父が女郎じゃ駄目だというんだが、おれはなんとか五十鈴楼に掛け合いてえと考えているところさ」

朝に千両、昼に千両、夜に千両の小判が降るという魚河岸の若旦那らしく大籬の遊女を大様にも落籍する気だという。

「文の字じゃが、千代女どのの筆蹟と似ておりましたか」

「今となってはわからねえ。だってよ、女郎の書く女文字なんて似たりよったりだぜ。千代女の文使いと相手が言っているんだ、ああ、千代女からだとすっかり思い込んじまったのよ」

参蔵は頭を掻いて訊いた。

「会所にも侍がいるのかえ」

「神守様はご新造様と一緒に会所のために働いておられるんで」

参蔵の問いに仙右衛門が答えた。

「おかみさんも吉原勤めだと」

「へえ、遊女衆に文の書き方やら和歌なんぞを教えておられますので」

「なにっ、この旦那のおかみさんは汀女先生かえ」

参蔵が思いがけないことに汀女の名を口にした。

「若旦那、汀女先生をご存じで」

仙右衛門が訊いた。

「番方、居続けしたときにさ、昼前の仲之町をきりりとした女が行くからだれだえと花魁に訊いたら、わちきの先生でありんすと答えやがったからね、知っているさ。花魁が夜の桜なら、汀女先生は昼間の梅だねえ、凛とした姿で神々しかったぜ」

「そうであったか、千代女どのは姉様の手習い塾にお通いであったか」

「ああ、習字の手習いを受けているそうだぜ」

思いがけない話に幹次郎と仙右衛門は顔を見合わせた。


吉原に戻ると角町の妓楼の長子屋の抱え小稲の文使いと称して、御蔵前通りの札差、一番組の板倉屋の若旦那萬太郎のもとに掛廻りが行き、二百両をまんまと騙し取られたことが発覚して、会所に届けられていた。

そのことを長吉に告げられたふたりは急いで奥に向かった。

会所の奥座敷では四郎兵衛が腕組みして、煙管で煙草を吹かすでもなく考えごとをしていた。

「番方、新手だ」

「聞きました」

「こりゃ、急いで手を打たないとまずいねえ」

「妓楼に回状を回します」

「その手配はすでにさせてある」

と四郎兵衛が答え、

「魚河岸はどうだった」

と訊いた。

仙右衛門が参蔵から聞き込んだ話を告げた。

じいっ
とその報告に耳を傾けていた四郎兵衛の目が鈍(にぶ)く光った。

「騙りめ、吉原の内情に妙に詳しく、汀女先生の弟子筋の女郎の客ばかりを狙っているか」

「小稲も汀女先生の弟子でしたか」

「三月(みつき)も前から汀女様に手習いを受けているそうな」

「四郎兵衛様、汀女先生の手習い塾近くにいる女がこの事件に一枚嚙(か)んでますかねえ」

仙右衛門が言った。

汀女の手習い塾には遊女から見習いの禿(かむろ)まで、女ばかりが通っていた。男衆はひとりも弟子を取っていない。

「番方、汀女先生の手習い塾に通う女は何人だえ」

「近ごろでは汀女先生の人柄もございまして、百数人の弟子がおるそうで」

「なんとそのような数に教えておいでか」

弟子が何人いるかなど気にもしなかったので、番方の答えに幹次郎も驚いた。

「むろん熱心に通うのは三割がたですよ。それでも毎回三十余人ほどが汀女先生から習いごとをしておりますんで」

仙右衛門はさすがに汀女の手習い塾の動静に通じていた。

「今日はたしか三浦屋の二階座敷で開かれていたと思います」

「番方、今度ばかりは逆手に取られたかねえ」

四郎兵衛が呟いた。

汀女が吉原で文芸百般を教えるには表向きと裏向きの理由があった。

吉原は江戸の流行の源である。

遊女らの髪型、化粧、着物、帯の結び方、話し言葉などが男の口や読売で直ぐに遊里の外に伝えられ、世間の女たちの間に流行っていくのだ。

そのためにも吉原の遊女は、ただ単に体を売る女であってはならないのだ。高い見識を持ち、文芸に優れ、歌舞音曲に通じていなければならなかった。

そこで吉原の遊女たちに教養を身につけさせることが、汀女の表向きの務めであった。

もうひとつ、裏向きの御用とはこうだ。

手習い塾は遊女らが一時、籠の鳥であることを忘れて自分に戻れる時間だった。

そんなとき、つい胸の内を漏らしたりした。

汀女は遊女たちが漏らす片言隻句からなにを考えているかを探り、それが、

「吉原の不為」

ならば会所に告げて、未然に事件を防ぐ役を負わされていた。

幹次郎が吉原の裏同心ならば、汀女は隠密方であり、その務めがふたりの暮らしを支えていたのだ。

四郎兵衛は、思わず女同士で漏らす手習い塾での会話を利用して、騙しをしている者がいると示唆していた。

四郎兵衛の視線が幹次郎に向いた。

「姉様に尋ねてみまする」

「そうしてもらいましょうかな」

と会所の主が答えていた。

話し合いのあと、廓内の妓楼のうち、大籬、半籬（中見世）の見世に回状が回された。

だが、その夕刻までにもう一件、京町二丁目の岩亀楼の若葉の客、鳶の頭の達三が七十両を騙し取られたことが発覚した。

この若葉もまた汀女に読み書きを習っている遊女であった。

幹次郎が左兵衛長屋に戻ったのは六つ半（午後七時）の刻限であった。

汀女は年下の亭主の好物の里芋とひじきの煮つけと鰯の塩焼きを食膳に用意して待っていた。

「ご苦労にございましたな」

「姉様、事始の手習い塾はどうであったな」

「はい、今日はまた日頃にも増して大勢の方々がお見えになりましたよ」

「近ごろでは弟子が増えたというではないか。姉様ひとりで教えるのは大変であろうな」

汀女は長屋に遊女が書いた文などを持ち帰り、夜遅くまで添削していた。

「大変は大変にございますが、皆様から教えられることが多々ありますゆえ、苦労とも思いませぬ」

汀女は酒の燗を手早くつけて幹次郎に酌をした。

一杯口に含んで喉(のど)に落とした幹次郎は、汀女に三件の事件について話した。

汀女の顔色が変わった。

「幹どの」

「それがしも驚いた。まさか姉様の手習い塾で漏らされる言葉を利用して、騙しを行おうなどとは思いも寄らぬことでな」

「幹どの、私のお弟子は皆女ばかりですぞ」

「四郎兵衛様方は姉様の弟子のひとりが三人の騙された旦那に文を届けた馬久という掛廻りと繫(つな)がっているとみておられる」

「そのふたりが細工(さいく)して、三百七十両もの大金を騙し取ったのですか」

「そうなるな」

しばし沈黙して考え込んだ汀女が、

「たしかに千代女様も小稲様も若葉様も私の弟子にございますが……」

と呟いた。

「この三人が仲がよいとか、気づかなかったかな」

汀女はまた考えた。そして、ゆっくりと首を横に振った。

「三人が机を並べたり、話したりしたのを見た記憶がございませぬ。同じ会にいたことさえあったかどうか覚えがない」

と言う。その上で、

「もし三人の方々に共通することがあるといえば三人ともお若い、振袖新造だということにございますよ」

「振新か」

新造とは遊女を船に見立てたもので、新造の船という意だ。

振袖新造は花魁に従い、経験を積む。むろん姉の花魁の許しを得て、客を取ることもあるし、姉花魁の客が重なった場合、名代で客の接待を務めるのも仕事のうちだ。若いだけに口が軽いともいえた。

「姉様、回状が吉原じゅうに回ったゆえ、おそらくこれ以上同じ手口の騙しは難しかろうというのが会所の考えだ。だが、姉様の周りに聞き耳を立てている女がひとり潜んでいることはたしからしい。明日からよくよく気をつけてくれぬか」

「承知しました」

汀女が幹次郎の頼みを受けた。

夕餉を食したあとも行灯の灯りで汀女は遊女たちの文に朱を入れていた。

翌朝、幹次郎は下谷山崎町の津島道場を訪ね、初めて稽古をさせてもらうことにした。

「おおっ、参られたか」

師範の頼近巧助が幹次郎の顔を見て、嬉しそうに声をかけてきた。

「過日の津島傳兵衛先生のお言葉に甘えて、稽古に参りました」

「いや、先生もな、あれから何度もそなたが来られるかどうか気にされておられた。いよいよ参ったことを知れば喜ばれるぞ」

津島道場の朝稽古は、七つ半（午前五時）過ぎに始まった。

五十人もの門弟たちがふたり一組になっての打ち込み稽古だ。

打太刀、受太刀に分かれての形稽古で激しいものだ。

一瞬の息を抜くこともできぬ稽古の中に実戦の勘を体に覚え込ませようというものであった。

幹次郎は津島傳兵衛が客分格と認めたこともあって、

「神守どの、一手ご指南を」

「それがしにご指導をくだされ」

と次から次に稽古を求める門弟が現われて、一刻半（三時間）の朝稽古はあっという間に終わった。

稽古が終わったとき、幹次郎は傳兵衛の姿をようやく認めた。

「来てくれたか、有難い」

傳兵衛が屈託のない声をかけてきた。

「津島先生、遠慮なく稽古に伺わせてもらいました。久しぶりに心地のよい汗を流しましてございます」

そう応じる幹次郎に、

「神守どの、それがし、まだ示現流の打ち込み稽古を目の当たりにしたことがない。ご迷惑でなければご披露願えぬか」

と傳兵衛が言い出した。

「津島先生、それがしの示現流は旅の老武芸者から教わったものにございます。薩摩の東郷肥前守重位様が創始なされた流儀といささか違っておるやもしれませぬ」

「構わぬ、その片鱗でも見たい」

幹次郎は事ここに至り覚悟した。

「お言葉ゆえ未熟な稽古をご覧に入れます」

「なんぞ用意させるか」

「示現流の稽古は河原のように広きところに硬き木を並べ立て、その間を走り回りながら何刻も何刻も木刀で打つだけの、単純なものにございます」

と説明した幹次郎は、

「道場に高さ五尺（約一・五メートル）から十尺（約三メートル）ほどの丸太が立てられているとお考えください」

と言葉を継いだ。そうしておいて持参した赤樫（あかがし）の木刀三尺三寸六分（約一メートル二センチ）を下げて道場の角に立った。

呼吸を整え、愛用の木刀を八双（はっそう）に、示現流でいう右蜻蛉（とんぼ）に立てた。

幹次郎の視線が一点に集中し、顔が朱に染まった。

きえっ！

猛禽（もうきん）の鳴き声にも似た奇声が津島道場に響き渡り、幹次郎が木刀を構えて走り出した。

ちぇーすと！

飛び上がり、木刀を振り下ろす。

道場の空気が両断されて震えた。

次の瞬間には横っ飛びに走った幹次郎は、床から四、五尺（約一・二〜一・五メートル）も垂直に飛び上がり、あたかもそこにある木を打ち砕くかのように打撃を繰り返した。

修羅か鬼神か。

壮烈な動き、縦横無尽の走り、激しい打撃は半刻（一時間）も続き、一向に衰えるところがなかった。

ようやく幹次郎の動きが止まった。

道場には粛として声がない。

呆然として、だれも言葉を発しなかった。

「神守どの、そなたは……」

津島傳兵衛がようやく口を開き、笑みを浮かべた。

四

左兵衛長屋の木戸口に立つと若布の味噌汁の香りが漂った。

もはや棟割長屋の亭主たちは左官や青物の棒手振り仕事に出ていた。女房どもは朝餉の片づけを終えて、洗濯の算段やら手内職の仕度に入っていた。

幹次郎と汀女の住まいは二階長屋で、棟割長屋に比べ、ひっそりとしていた。遊里吉原に関わる仕出し屋の番頭などを務める者たちが二階長屋の住人の大半である。

幹次郎らの店賃は吉原会所持ちだ。

「姉様、遅くなった」

幹次郎は汀女にどぶ板の路地から声をかけると井戸端に行って、桶で水を汲んだ。顔と手を洗い、濡れたままの姿で長屋に戻ると戸を引き開けた。

「あれあれ、なんという恰好で」

竈の前に立っていた汀女が慌てて、姉さん被りの手拭いを外して狭い土間に立つ幹次郎の顔を拭いてくれた。

年下の亭主は、

「姉様の匂いがするぞ」

と言いながらも、おとなしく汀女のされるがままになっていた。

「幹どの、なにかありましたな」

顔の表情を読んだ汀女が訊いた。

「道場で傳兵衛先生に示現流を見せてくれと所望されてな、道場を走り回った。木刀を振り回す激しい動きに呆れておられたわ」

「西国の剣法は東国では珍しゅうございましょうな」

傳兵衛は、

「激しきかな、薩摩示現流、恐ろしきかな、神守幹次郎」

と感に堪えたように言うと、

「単純にして愚直な打撃、迅速剽悍の動き、これこそ実戦剣法の真骨頂じゃな。皆の者、よく神守どのの動きを脳裏に刻みつけておけよ。ただ今の剣術は小手先に堕しておる。わが流儀の戒めるところも、技に走るな、器用を会得するなという点だ。神守どのの動きがそのことを改めて教えてくれたわ」

と門弟に向かい示現流と幹次郎の動きを評価してくれたのだ。

「辺境の剣が江戸の剣術家を驚かしたようだが、さすがに傳兵衛先生、示現流の弱点をも見抜かれておられたな」

傳兵衛はぼそりと、

「示現流と対決致さば、二の太刀に賭けるしかないか」

と呟いたものだ。

一撃目を外されたあとが示現流の剣者の危機の瞬間だった。

高く、激しい跳躍を伴った打撃から二の太刀を出すまでに時間がかかった。その弱みの間につけ込まれないために走り回り、戦いの間合を外すのだ。だが、傳兵衛ほどの達人なれば、その隙を見逃すはずもない。

幹次郎が眼志流の居合と剣を身につけたのも示現流の弱点を補うためだ。

「早く上がりなされ。味噌汁が冷めますぞ」

幹次郎は無銘ながら、研ぎ師が豊後行平と推測した、刃渡り二尺七寸（約八十二センチ）の剣を腰から外すと板の間に上がり、食膳の用意された居間に向かった。

「なにっ、姉様は朝餉を食されておらぬか」

「幹どのと一緒に食しとうございますゆえな」

「悪いことを致したな」

汀女は幹次郎が上気した姿がわがことのように嬉しかった。

生計のために吉原会所に雇われ、剣を振るう奉公をしていた。それ以前は妻仇討を逃れての流浪の旅だ。

剣の仲間などだれひとりとしていなかった。それが同じ道を歩く者と知り合い、興奮している幹次郎の幸せが汀女にも伝わってきたのだ。

箸を取って椀を抱え、若布の味噌汁を啜った幹次郎に汀女が、

「幹どの、ちと気になる人物を思い出しました」

と言い出した。

「ほう、なにかな」

「私の手習い塾での話が外に伝わり、騙りに利されている一件ですよ」

「おおっ、忘れておった」

幹次郎は津島道場の稽古に夢中になり、迂闊にもそのことを失念していた。

「五十鈴楼の千代女どの、長子屋の小稲どの、岩亀楼の若葉どのと三人が席を並べたことは、何度考えましてもございませぬ。千代女どのと若葉どのが同じ日に私の前に座ったことがありましたが、座した場所はだいぶ離れておりました」

と汀女は昨夜から考え続けてきたことを話し出した。

「とすると別々の日にこの三人の傍に座り、千代女らがだれぞ朋輩とお喋りするところを見聞きした者がおるかどうかにございますな」

「それらしき人物がひとり思い当たりました」

汀女が言い、語を継いだ。

幹次郎は食事の手を休めて、椀を膳に戻した。

「私の手習い塾に毎回お通いの遊女衆はおよそ二十数人にございます。残りの方々は二度か三度に一度、顔を見せられます。熱心の筆頭は三浦屋の薄墨太夫にございます」

天明の吉原を代表する花魁で識見、器量、人柄ともに衆を抜きん出ていた。夫婦して薄墨のことを承知していた。

この薄墨がそのような真似をするわけもないし、薄墨は汀女の手習い塾の代教格を務めていて、常に汀女の傍にいた。

「熱心な方々のうちのひとりに番頭新造の初音どのがおられます」

番頭新造は番新と呼ばれ、およそ花の盛りを過ぎた遊女が務めた。それゆえに三十歳を過ぎた女が多い。

人気の花魁にはふたりほどの番新とふたりから三人の振袖新造が付き、一家を形成していた。

たとえば当代一の薄墨太夫ともなると、番新も振新も並みの太夫の倍は従えていた。

番新は年季が明けても、遊里の外に戻りたくても戻れない者や、遊里以外の暮らしを知らず、吉原のほうが安心して暮らせるという者が楼主と約定を交わして、その位置に就いた。

番新の務めの第一は、客の見極めである。

主の花魁に初会の客があるとき、引手茶屋まで出向き、その客が野暮か、粋か、懐具合はどのようか、愛想よく世間話をしながら見抜いた。

務めの第二は、妓楼に上がった客と花魁の間を上手に取り持つことだ。

花魁と客が床入りしたあとも第三の務めがあった。寝屋で交わされるふたりの話を隣部屋から密かに聞いて、後々花魁が客への駆け引きに使える話を覚えておくことも大切な務めであった。

この情報次第で、紋日に落とす金子の高を左右したからだ。

「揚屋町に笹屋様と申す半籬があるのを、幹どのはご承知か」

「むろん承知だが、妓楼にしては地味な構えだったな」

頷いた汀女が、

「笹屋様はお坊様などが医師などの恰好で登楼なさる見世でして、お堅い客筋にございますよ。その笹屋さんただひとりの番新が初音さんです。年は二十八歳、絶世の美貌の持ち主といってようございましょう」

「客を取った時代はなんのなにがしという太夫だったか」

「いえ、振新にも太夫にもなれず仕舞いにございました」

「姉様、どういうわけだ」

「禿の折りに風呂場で立ちくらみを起こされてな、倒れたそうな。倒れた場所に偶々下毛剃りの剃刀があって、それが右の首筋から頬にかけて突き刺さった」

「なんと」

「初音さんを治療した医師がまた腕がよくなかったとか、季節も梅雨どきで、傷口が膿んで大きな痕を残すことになったのです。初音さんはそれでも客を取らされておりましたが振新にも太夫にも出世することがありませんでした。二十五歳を越えて、笹屋の旦那の笙兵衛様が番頭新造に取り立てられたのです」

「……………」

「幹どの、初音さんを左側からご覧になれば、薄墨太夫と引き比べても遜色のない美貌にございます。だが、右には傷痕が醜くある。そこで初音さんはいつも顔を伏せ気味にして、襟高の召し物で傷を隠しておいでです」

と話した汀女は、

「このような初音さんの身の上話をしてくれたのは薄墨太夫でしてね、ふたりだけの折り、私の前に運が開けたのは、初音様の不幸があったからですと禿時代の奇禍に深く同情なされておられました」

幹次郎には話がどう展開するのかまだ読めなかった。

「手習い塾には毎回出ておられます。いつも最後に入ってこられて、ひっそりと座られ、終わると、さあっと戻っていかれます。この初音さんが千代女さん、小稲さん、若葉さんら若い花魁の世話をしていたのを思い出しました。墨をすってあげたり、字の手直しをなされたりしていたことがございました。むろんそれだけの話で、騙りの片棒を担がれる方とも思えませぬ。ですが、それ以外、どなたにも心当たりがないのです」

汀女は初音の書いた無心の文の下書きを幹次郎に渡した。

それを読み下す幹次郎に、

「味噌汁が冷えましたな、温め直しましょう」

と汀女が幹次郎の膳の椀を取った。

幹次郎の話を聞いた四郎兵衛と仙右衛門が顔を見合わせた。

「笹屋の初音な」

四郎兵衛が唸るようにその名を口にした。

「あの怪我さえなければ、初音は当代売れっ子の太夫に、笹屋は大籬の見世になっただろうことは間違いないところでしてな。吉原はひとつ宝を失いました」

と言った四郎兵衛が、

「番方、なんぞ噂を聞いたことはないか」

と訊いた。

「格別悪い噂は知りませぬ。ただ、傷のせいで年季も帳消しになり、番新になってからは大門を出るのも勝手の身にございます」

と答えた仙右衛門がさらに語を継いだ。

「禿のときから期待もされずに生きてきた遊女にございます。あれだけの美形の持ち主だけによう我慢してきたともいえます。一見、明るく振る舞ってはいますが、ひょっとしたら心の中に暗い炎を燃やしていたのかもしれませぬな」

「初音は大門の出入り勝手の鑑札を所持していたか」

「へえ」

「四郎兵衛様、番方、これが初音の字にございますそうで」

と汀女から借り受けてきた文を差し出した。こなれた女文字に汀女の直しの朱はそう入ってはいなかった。それだけ上手ともいえた。

「初音さんは手直しをしたことがあるので、千代女、小稲、若葉三人の筆蹟を承知だそうにございます。それに器用にも他人の筆蹟を真似て自在な字を書き分けるといいます」

会所の幹部ふたりが黙したまま頷いた。

汀女は今朝、話の最後に、

「これはな、幹どの、そなただけの胸の中に仕舞っておいて下され。字は人柄を映します。初音さんの字はかたちの上からは申し分なく上手です。ですが、どこか心が感じられませぬ。そこにな、ひょっとしたらと思いました」

と言っていた。幹次郎は約束通りふたりにそのことは告げなかった。

「番方、初音の行状(ぎょうじょう)を見張れ。初音が一枚嚙んでいるのなら、必ず掛廻りに化けた男と会う」

「承知しました」

番方の仙右衛門が立ち上がった。

翌々日、汀女が吉原から長屋に戻ってきて、

「今宵六つの刻限に会所にとの言づけにございます」

と告げた。

「姉様、承知した」

ということは動きがあったということだ。

もはや汀女と幹次郎の間には初音のことは口の端にも上らなかった。

「姉様、ちと早いが出かけてこよう」

幹次郎は着流しに大小を落とし差しにして菅笠を被った。

「お気をつけてな、幹どの」

汀女と入れ替わりに幹次郎は長屋を出た。

刻限は八つ半（午後三時）をだいぶ過ぎ、昼見世がそろそろ終わろうという時分だ。

田町の長屋を出た幹次郎は土手には上がらず、茶屋の裏手、浅草田圃の畦道を五十間道へと抜けようとした。

浅草田圃と称する界隈は、浅草寺領と材木町、花川戸町、山之宿町の入会地が混在していた。

春先の日差しが田圃に散り、白鷺が悠然と舞っていた。田圃の中に林が散在し、御堂があったりして、その長閑な風情は豊後岡藩の城下外れを思い出させた。

幹次郎は昼下がりの光を一文字笠で避けて、畦道を進んだ。

ふいに林の中の稲荷堂から三人の浪人者が出てきて、幹次郎と出くわす恰好になった。立ち竦む相手に、

「お先に」

と道を譲った。

横柄にも無言のままの三人が日本堤の方角へ去ったあと、幹次郎は五十間道の茶屋の裏手へと抜けて、大門前に出た。

いつものように会所へ裏口から入ると、

「早や来られましたか」

と鉄瓶から急須に湯を注いでいた仙右衛門が出迎えた。

「初音の相棒が見つかりました」

そう言いながら、仙右衛門は急須からふたつの茶碗に茶を注ぎ分けた。成りゆきで上がり框に幹次郎が腰を下ろす恰好になった。

「やはり初音が千代女たちを売っておりましたか」

「へえ」

と応じた番方は続けた。

「掛廻りに化けた野郎は吉原をしくじった見世番の、安造という男です、今は山川町の長屋に巣くっていますんで」

見世番とは妓楼の男衆のひとりで、花魁道中の際には提灯を持って先導する役目だ。むろん妓楼の御用はなんでも務めた。

「初音とどこでどう知り合うたのですか」

「知り合うも何も笹屋の見世番だった男です、初音を禿時代から承知でしたよ。それがどうやら外使いに出た初音とばったりと会って、わりない仲になったらしい。今度の一件はおそらく安造から持ちかけた話でしょう」

「ただ今の安造の仕事はなんですか」

「吉原を出たあと、講釈師の弟子入りをしたらしいがものにならず、あとはぶらぶらと博奕打ちの真似事のような暮らしをしてきたらしい。いつも懐には北風が吹いていたそうです、それが近ごろでは羽振りがよくて、滞っていた裏長屋の店賃をそっくり払って、山川町の二階長屋に引っ越しています」

「なるほど」

「魚河岸の若旦那の前で名乗った馬久というのは、講釈師の見習いの名でしてねえ、鈴々舎馬久といっていたそうで」

「今宵、外でふたりが会うのですか」

「うちのほうから笹屋に、初音を外に出してくれと頼んであります。まず、使いのあとに安造の長屋を訪ねると思いましてねえ」

 と答えた仙右衛門は、

「なあに見世番だった安造なんぞ、わっしらでなんとかなるとは思いました。ですが、羽振りのよくなった安造の周りに浪人者がうろちょろしているという話でねえ、無駄骨かもしれませぬが、神守様の同行を願ったというわけで」

「番方、それがしの仕事にございます」

 ふたりで茶を啜り合っていると長吉が、

「番方、初音が外に出る仕度を始めたぜ」

 と報告に来た。

「よし、手筈通り動け」

 と命じた仙右衛門が、

「神守様とわっしは今しばらくお神輿を据えて待ちます、お付き合いくだせえ」

と言った。

山谷堀の南側に位置する山川町は、幹次郎と汀女が住む田町とは隣町だ。

初音と組んで三人から大金を騙し取った安造の住む二階長屋は、遍照院の西側に位置し、林の中に建てられていた。

幹次郎と仙右衛門が到着したとき、夕闇を伝って博奕に興じる声が響いてきた。

その中には若い女の声も混じっていた。

「ご苦労にございます」

会所の若い衆の光五郎が、
すうっ
とふたりの傍に忍び寄ってきた。

「あの声は初音か」

「番方、まだ初音は姿を見せてねえんで。安造の野郎、どこぞから若い女を長屋に連れ込んでますぜ」

「初音が来たら騒ぎが起こらねえか」

「安造の奴、初音のことを、『あの化け物の面倒をおれがみてやってるんだ』などと高を括ったことを抜かしているんで、舐めた野郎だ」

「博奕の相手はだれだ」

「仲間の浪人者です」

四半刻(しはんとき)(三十分)、幹次郎たちは闇の中で待った。

「ほいかご、ほいかご」

という声とともに駕籠の棒鼻(ぼうはな)につけたぶら提灯が近づいてきて、駕籠が二階長屋の木戸口で停まった。

初音が降りて、長屋に入った。

「番方、待たせましたかえ」

使いに出された初音のあとを尾行していた長吉が姿を見せた。

「よし、行こう」

幹次郎は吉原会所の面々に従った。

安造か、

「おや、初音、なんの用だ」

と慌てた声が応じていた。

「おまえさん、この真似はなんなの」

幹次郎らが安造の長屋の戸口の前に立ったとき、初音の沈んだ声が安造に問いかけた。

長吉らが長屋横の縁側へと回り込んだ。

「初音、手慰みだ」

「ここは私の長屋だよ。女を連れ込んで、博奕をしながら酒盛りかえ」

「懐があったけえんだ、仕方あるめえ」

ついに安造が居直った。

「あの金はおまえさんだけのものじゃない。ふたりで商いをやる元手だよ」

「なくなりゃあ、おめえがちょこちょこと文を書きねえな」

「おまえさん、なんということを」

「うるせえ、化け物!」

という喚き声に、若い女の笑い声が重なった。

「畜生!」

怒声が響き、取っ組み合うようなどたばた騒ぎが起こった。

男たちの笑い声が加わる。

初音と若い娘が取っ組み合っているのだろう。

仙右衛門が若い衆に合図して、表戸を引くと押し入った。

「なんでえ、おめえらは」

「安造、初音、吉原に世話になりながら、看板に泥を塗ってくれたな」

仙右衛門の声が響き、安造が、

「畜生、会所の手入れだ！　先生方、頼まあ」

と焦りの声を上げた。

「安造、任せておけ」

浪人者たちが剣を抜いた気配に幹次郎が、若い衆らの間を割って姿を見せた。

まず幹次郎の目にふたりの女がくんずほぐれつ板の間で裾を乱して争う光景が飛び込んできた。さらに狭い部屋で剣を抜いて構える三人の浪人の姿を確かめた。

「そなたらの相手はそれがしだ」

先ほど浅草田圃ですれ違った浪人たちだった。

「おまえは」

「会所の用心棒、裏同心だぜ！」

ぞろりとした羽織を着た安造が叫んだ。

「長屋は狭い、庭に出られよ」

幹次郎の誘いに縁側の障子戸を開いて、三人の浪人が庭に跳んだ。

幹次郎は戸口に下がると刀を捨てて、そこに立てかけてあった心張棒を手にして横手に回った。すると懐の匕首に手をかけた長吉らと三人の浪人が睨み合っていた。

「長吉、ここは任せよ」

幹次郎は長屋の灯りに照らされた三人の前へ進んだ。

「お相手致す」

心張棒を構えた幹次郎に、ひとりの浪人が、

「おのれ、吉原の用心棒風情が！」

と吐き捨て、剣を構え直した。

幹次郎は心張棒を立てた。

三人の真ん中に立つ小太りの浪人に狙いを付けると、

「薩摩示現流、ちと手荒い」

と呟いた。

「なにっ、示現流か」

真ん中の浪人が驚きの声を放った瞬間、
けえぇっ

という怪鳥の鳴き声にも似た気合いが辺りを圧し、幹次郎が正面へと飛び込んだ。心張棒に合わせようとした剣など歯牙にもかけない迅速果敢な攻撃が相手の肩口を叩き、さらに横手の浪人の脇腹を打撃した。

一瞬の早業で対応の間もなかった。

ふたりが呻いて地面に転がり、幹次郎が残るひとりを睨んだ。

三人の中で一番若い浪人は立ち竦んで声もない。

「仲間を連れて、立ち去られよ」

幹次郎の言葉に相手はがくがくと頷いた。

「神守様、初音と安造は引っ括りましたぜ。あとは面番所に引き渡すだけだ」

という仙右衛門の声が長屋からした。

吉原内の治安は吉原会所が受け持つが、廓の外の騒動ともなれば町奉行所の出先、面番所の手を経るしかない。

仙右衛門の視線が後ろ手に縛られた初音に行き、

「初音、男を見る目がたしかなのが吉原の女だぜ」

と言った。

その視線を上目遣いに受け止めた初音の顔が悔しそうに歪んだ。

第二章　雪隠勝負

一

　幹次郎は井戸端で包丁を研いでいた。

　汀女は吉原の遊女たちに文芸百般を教えに行き、その後、茜楼の抱え遊女、一橋の席に招かれていた。

　客は駿河町の紙問屋、武州屋の隠居の翔鶴だ。

　会所の御用がなければ、夕餉は幹次郎ひとりで食べることになる。

（なにを食そうか）

　と台所に立ち、包丁を握ってみると錆が浮かんでいた。そこで左官の田井三の女房おかつから砥石を借りて、井戸端にしゃがんだところだ。

汀女は大籬の妓楼の座敷に招かれたというので、出かける直前まであれでもないこれでもないと着ていくものに悩んで、夕餉の仕度ができなかった。そのことを出かける間際まで気にしていた。

「姉様、めしくらいはどうにでもなる。そんなことよりのんびりしてこられよ」

七軒茶屋の山口巴屋の女将、玉藻が日ごろ世話になるからと仕立ててくれた藤紫地の江戸小紋を着た汀女は、いつもより一段ときりりと引き立って見えた。

「姉様、ふだんにも増して、女っぷりが上がられたぞ」

年下の亭主は汀女をまぶしそうに見た。

「幹どの、女房をからかうものではありませぬ」

「なんの、ほんとのことだ。一段と美しいぞ」

幹次郎が屈託なく言うと汀女は、

「世辞のお礼に甘いものでも購ってきましょうかな」

と言い残し、長屋を出ていった。

幹次郎は丁寧に錆の浮いた菜切り包丁に研ぎをかけ続けると砥石の上を刃物が滑らかに走り始めた。

「おや、旦那、珍しいね」

棟割長屋の住人のおかみさん連が夕餉の用意で、井戸端に姿を見せた。

「包丁が錆くさっておってな、研いでいるところだ。そなた方も包丁を持ってこぬか。ついでのことだ」

「おや、それは有難いよ。うちの宿六（やどろく）に何度頼んでもやりゃしないもの、包丁だか錆の塊（かたまり）だか分からないよ」

女たちがうちもうちもと包丁を井戸端に持ってきて、幹次郎は俄（にわ）か研ぎ屋に変身した。

「汀女先生はいつにも増して、おめかしで出かけられたが、吉原ではないのかえ」

おかつが訊く。

「吉原じゃがな、仕事が終わったあとに座敷に招かれているのだ」

「なんだって、女だって吉原に上がっていいのかえ」

御朱印（ごしゅいん）を幕府から授けられた遊里吉原で、客たちの究極の目的は遊女と床入りすることだ。

だが、吉原には京の遊里島原から伝わる仕来たりやら遊びがあって、男と女がその駆け引きを楽しむ場所でもあった。

お大尽の紀伊国屋文左衛門らのように黄金色の雨を降らして騒ぐのも吉原の遊びなら、翔鶴と一橋のように座敷に浄瑠璃師を呼び、浄瑠璃を語らせ、河東節を唸って時を過ごすのもまた遊興のひとつだ。

汀女が招かれた座敷はそんな席だ。

そんな話をすると、

「驚いたねえ、吉原たあ、女郎と床入りするところだとばかり思っていたよ」

と錺り職の富五郎の女房みやが言い出した。

「だから女は浅はかだって言うんだよ」

居職の富五郎がいつの間にか女たちの後ろに立っていて、口を挟んだ。

「おや、おめえさんの遊びも、どこぞの隠居さまのように風流だというのかえ」

「おれなんぞはいつも風流一辺倒で、悋気の要もねえくらいだ」

みやが幹次郎を見た。

「旦那、うちの人が密かに行くのは深川、櫓下の安女郎のところだよ。そんなところも風流かねえ」

「さて、それがし、吉原しか知らぬでな」

「旦那も男だねえ、なにも亭主の肩を持つことはないよ。だれが深川の安女郎と三十一文字をやるものか。すべた女郎にもてようと髪なんぞを撫でつけて出かけるときは、大体櫓下と決まっていらあ」

「藪蛇もいいところだぜ」

富五郎がぼやいた。

井戸端は時ならぬ騒ぎになった。

幹次郎は半刻をかけて八本ほどの包丁を研ぎ上げた。

「研ぎ代の代わりに菜を一品差し入れるよ」

「ならうちも鰯の焼いたのを持っていこう」

幹次郎は飯を炊くだけでなんとか夕餉が食せそうになった。

そんな折り、木戸口に影が立った。

「甚吉、江戸に出て参ったか」

豊後岡藩の中間足田甚吉だ。

「昨日さ、御用人の荷物持ちで久しぶりに江戸に上がってきた。それでよ、幹やんの顔を見たくてな」

甚吉は幹次郎とは同じ長屋で育った幼馴染だ。

甚吉、幹やんと呼び合ってきた。

「まずは上がれ上がれ」

左兵衛長屋に招き上げた。

「姉様は吉原の座敷に呼ばれていておらぬ。ただ今、長屋じゅうから菜が届くで、それで一杯やろう」

幹次郎は火鉢の熾火を掻き立てて、燗の仕度をした。

「国許は変わりなしか」

「ないといえばないな」

甚吉の言葉には含みがあった。

「なんぞあるのか」

火鉢の前に胡坐をかいた甚吉が、

「わしら下々ではよう分からぬが、御城の奥でなにやら内紛があるようだ。国許は二派に分かれて、剣呑な雰囲気よ。どうやら御用人榊原忠義様の江戸入りもその諍いを殿様にご報告して、沙汰を受けるためだそうだ」

豊後岡藩は七万三千石、中川修理大夫久貞が支配する外様中藩だ。

元々中川家は播磨三木四万石の城主中川秀成が文禄三年（一五九四）に移封により、大野、直入、大分の三郡七万石余を領有したのが始まりであった。秀成は関ヶ原の戦いに家康に従い、本領を安堵されていた。

「内紛とはなんだな」

幹次郎は燗をつけながら訊いた。

「幹やんがいたころ、国家老は水城淳成様であったな」

「さよう、ご家老は水城様であったわ」

「水城様は一年前に亡くなられた。それが騒ぎの発端よ」

酒の燗がついたので幹次郎は茶碗をふたつ台所から持ってきた。

「まあ、呑みながらゆっくり話せ」

ふたりは久闊を叙すように酒を口に含んだ。

幹次郎が久しぶりに対面する甚吉は頭髪も少なくなり、皺も深く顔に刻まれて、その分老いていた。中間仕事を続けるにはそろそろ無理な歳だと幹次郎は思った。

「美味い」

と言った甚吉は長屋の中を見回し、

「幹やん、江戸の暮らしは落ち着いたようだな」

「吉原会所に拾われて、運が向いた。姉様とふたりだけの暮らしなればなんの難儀もない」

「幹やん、藩を逐電して苦労もしたが、よい道を選んだかもしれぬぞ。藩に残っていてみろ、上はご家老から下々のわれらまで上げ米四割だぞ」

水城は就任早々の延享（えんきょう）元年（一七四四）に無名の浪士、中沢三郎左衛門（なかざわさぶろうざえもん）を起用して、藩財政改革に手をつけた。この改革は一応の成果を得たものの、宝暦（ほうれき）以降はふたたび財政は泥沼に陥（おちい）っていた。

そんな時代を背景に幹次郎と汀女の逐電は起こったのだ。

「幹やんは十三石であったな、上げ米四割の八石でどうやって暮らしが立つ」

江戸では女中奉公以下の俸給（ほうきゅう）だ。とても暮らしが立ちゆく額ではなかった。

幹次郎と汀女には吉原会所から二十五両の金子の他に、時折り大仕事をしのけたときに格別な金子が入ってきた。それに長屋の店賃は会所持ちだ。何の差し障りもないどころか、いくらかの蓄（たくわ）えもできた。

「下（くだ）り酒を呑めるはずだ、幹やんの顔が落ち着いておるわ」

と残った茶碗酒を、

くいっ

と呑み干した甚吉に幹次郎が、

「空（す）きっ腹には応えるぞ、ゆっくり呑め」

とたしなめたとき、おかつが長屋の女たちを代表して、鰯の焼き物やら芋の煮っ転がし、おからやらの菜を盆に載せて運んできた。

「おかつさん、有難い」

幹次郎は礼を述べると盆を受け取った。

「汀女先生のありがたみがわかるねえ」

おかつが汀女先生と呼ぶのは長屋の子供を集めて、手習い塾を開いているからだ。おかつの子供も手習いに来ていた。

「まったくだ。だが、今日は長屋の皆様に感謝致す」

菜ができて、取り皿と箸を用意して、改めて火鉢の前に座った。

「これでよし。甚吉、藩のことを話せ」

幹次郎は催促した。

十数年前、逐電した藩とはいえ、主家(しゅか)の中川家には神守家の先祖から世話になったのであった。

「どこまで話したか、おおっ、そうそう、水城様が一年前に亡くなられたというところまでじゃな。水城様の後を継がれたのは御分家筋七家の当主のひとり、石(いし)原常右衛門(はらじょうえもん)様だ」

「昼行灯と評されたお方ではないか」

「それそれ、その昼行灯が国家老になったのは、分家筋田尻頼母様と飯坂伊江門様が二派に分かれていがみ合った末に、互いにあいつが家老になるよりはこの際、昼行灯を家老職にしておこうという安易な考えの末だという噂が城下に流れてな、おれは当たらずとも遠からずと思うておる」

甚吉は言い切った。

「ほう、さようなことになっておるか」

甚吉は鰯に箸をつけると口に放り込み、

「やはり鰯は豊後に限るな」

と呟いた。

「さて、昼行灯の石原様じゃが、なかなかのおとぼけ者でな。先ほど申した上げ米四割、家臣間の儀礼の禁止、家臣一同の一汁一菜をはじめとした倹約令、さらには家来方の内職の勧めなど矢継ぎ早にお触れを出されてな、藩政の立て直しを迅速に図っておられる」

「ほう、さような才を隠しておいでであったか」

「城内だけではなく、城下も中沢様の再来かと驚いておる」

「上げ米も藩の財政がよくなるのであれば我慢もできよう」

「ところがじゃあ、昼行灯を国家老に推(お)して背後から操ろうとした田尻様も飯坂様も当てが外れて、不満を募(つの)らせておられるそうな。石原様をなんとか隠居に追い込んで、自らが家老職に就く企(くわだ)てを始めおった。両派が家臣を集め、城下の商人(あきんど)を味方につけての争いよ」

「なんということか」

幹次郎は呆れた。

「幹やん、水清ければ魚棲(うおす)まずのたとえさ。田尻様も飯坂様も藩政を牛耳(ぎゅうじ)って、利を懐にと考えておいでのようだ」

「石原様にはお味方はおらぬのか」

「なにしろ昼行灯様だ、配下を集めるなどおよそ不得意だ」

「困ったな」

「困った」

甚吉は茶碗を持ち上げ、

「だが、何人かは理解なさる方々がおられるそうだ。おれがお供(とも)してきた御用人の榊原忠義様もそのおひとりというぞ」

「ほう、あの榊原様がな」

幹次郎が逐電した折りにはまだ出仕(しゅっし)したばかりの若侍であったはずと、さわやかな風姿(ふうし)を思い出していた。

「こたびの御用は石原様の命で榊原様が殿への密使を務められるというもっぱらの評判、国許を出るときには、どちらかの派が刺客(しかく)を送ったとか送らぬとか噂があってな、われらも緊張した」

「刺客に襲われなかったのだな」

「用心したでな」

「なによりであった」

「幹やん、おれはもう命がけの御用を務める歳ではねえ、吉原辺りでのんびりと暮らしたいぞ」

「甚吉、ただ今、殿様は江戸表か」

「おう、この三月には参勤下番(かばん)だ。殿様が国許に戻られた折りにひと騒ぎが起こるという者もおるわ」

甚吉は知っていることを話し終えて、おからに手を伸ばした。

幹次郎はしばしば逐電してきた岡藩のことに思いを馳(は)せたが、妻仇討をかけられた幹次郎が心配してもどうにもならぬ話だった。

幹次郎と甚吉は四方山話をしながら、酒を呑み、おかつたちが届けてくれた菜を口にした。

甚吉は長旅の疲れから茶碗を持ったままうつらうつらと居眠りを始め、ついには火鉢の傍にごろりと横になった。

幹次郎は二階から夜具を抱えてきて、そっと甚吉の体にかけた。すると甚吉は鼾をかいて眠り始めた。

幹次郎は酒をやめ、飯を炊くかどうか迷った。

(どうも面倒だな)

そんなことを考えながら、茶を喫していると、

「遅くなりましたな」

と言いながら汀女が戻ってきた。

「おや、どなたか、客人ですか」

「国許から甚吉が出てきたのだ。昨日、江戸に着いたそうで草臥れておるのであろう、酒を呑みながら寝てしもうたわ」

「豊後からは長い道のりですからねえ」

汀女が火鉢の周りに目をやって、

「幹どのはまだ夕餉を食しておられぬか」

と訊いた。

「菜は長屋のかみさん方が包丁を研いだ礼に差し入れてくれた。めしだけはまだだが、ちと面倒になってな」

「それなれば武州屋のご隠居様がこはだの鮨を土産に持たせてくれました。今、茶などを淹れ替えますゆえお食べなされ」

汀女は着替えのために二階へと上がった。

幹次郎が火鉢の周りを片づけていると汀女も降りてきた。

流しに汚れものが運ばれ、茶が淹れ替えられたとき、

「眠ってしもうた」

と言いながら、甚吉が目を覚ました。

「甚吉どの、お久しぶりにございます」

「おや、姉様、戻っておられたか」

「留守をして気の毒しましたな」

「いや、幹やんに深々と馳走になった」

と答えた甚吉は、

「遅うなった、お長屋に戻らねば」

と言った。

「甚吉、この刻限だ。泊まっていけ、姉様に国許の話を聞かせてくれ」

幹次郎の誘いに、

「幹やん、姉様、造作をかけてよいかな」

と嬉しそうな顔をした。

「部屋数はあるぞ」

「そうか、そうなればそうさせてもらおう」

甚吉が泊まる気になったところで、こはだの鮨の折が開けられ、

「これは美味そうじゃな」

と男たちふたりは茶でこはだの鮨を摘(つま)んだ。

「姉様は食べぬのか」

「幹どの、翔鶴様に深々と仕出しの膳を馳走になりました。あのような贅沢(ぜいたく)をしてよいものかと、考え考え帰ってきたところです。もう腹には入りませぬ」

一時眠った甚吉が元気を取り戻し、こはだの鮨を、

「食べ物は江戸に限るな」

と言いながら、食べた。

そして、国許の話題をあれこれと話して、時が経つのを忘れた。

幹次郎と汀女にとって、岡城下は遠い日に忘れたはずの地であった。だが、そこがふたりの父祖の地であることに変わりはない。懐かしくもあり、もはや戻れぬと思うと寂しくもあった。

甚吉はそんなふたりの気持ちを斟酌しながらも岡城下の変貌ぶりやら祭礼のことなどを話してくれた。

この夜、三人が寝に就いたときには四つ半（午後十一時）を過ぎていた。

二

翌日、甚吉が屋敷に戻ったあと、幹次郎は吉原の大門を潜った。

そのとき、ちらりと面番所を見た。すると背の高い御用聞きが幹次郎を見て、不敵な笑いを浮かべた。笑いには暗い翳と非情さが見え隠れして、幹次郎でなければ、

ぞくり
と背筋に悪寒のひとつも走ったかもしれなかった。

幹次郎は会釈をした。

だが、相手から返礼はなかった。

なぜか御用聞きの元結が赤色で、その両端が後頭部に垂れていた。

面番所には、ふだんは南北町奉行所の隠密廻り同心が月番に従い、詰めている。

だが、吉原の自治と警備は大門を挟んで反対側にある吉原会所の手に委ねられ、面番所の同心や御用聞きが直接動くことはまずない。

それが長年の習わし、不文律であった。

無論、町奉行から手配が廻ってきて、吉原にその者が潜り込んでいるということになれば別だ。この場合は妓楼に踏み込み、怪しい者に声をかけ、面番所の中にしょっ引くこともあった。その場合も吉原会所にはその事情が知らされ、立ち会うこともあった。

面番所と会所は持ちつ持たれつの関係にあったのだ。

面番所の同心たちは複数の御用聞きとその手下を従えていた。

御用聞きにとっても面番所つきは金のなる木だ、断然実入りがいい上に、足を棒にして江戸の町を歩き回る要もない。

幹次郎は面番所出入りの御用聞きの顔はおよそ承知していた。

だが、三十前後で長身の御用聞きは初めて見た。

（あのような十手持ちがいたか）

御用聞きの笑いには幹次郎の正体を承知の様子がみえた。

幹次郎は裏同心の通用路の路地から会所の裏口へと回った。いつもは一人ふたり屯している台所に若い衆の姿がなかった。

「御免」

幹次郎は菅笠を脱ぎながら声をかけた。だが、森閑として応じる声もない。上がり框に脱いだ菅笠を置き、腰から刀を抜いて、通り土間から表に顔を出した。

そこにも人の気配はなかった。

（四郎兵衛様の家を訪ねてみるか）

当代の四郎兵衛は七軒茶屋の筆頭山口巴屋の主だ。だが、実際は娘の玉藻が切り盛りして、四郎兵衛は会所の御用に専念していた。

路地裏を伝い、山口巴屋の裏口に達した。

広い台所を入ると、女衆が昼餉の仕度をしていた。

遊客は妓楼から馴染の引手茶屋に引き上げ、ひと風呂浴びて着替えをして、吉原の大門を出た時分だ。どこか茶屋の台所にも弛緩した空気が漂っていた。

「おや、神守様」

地味な装いをしていてもきりっとした貫禄を見せた玉藻が奥から顔を覗かせ、幹次郎に気づいた。

「四郎兵衛様はこちらにございましょうかな」

「風呂に入って、なにごとか考えております。神守様、ご面倒でしょうが付き合ってくださいな」

娘は父親が必要としていることを直ぐに見抜いて、幹次郎に誘いかけた。

「ならば遠慮のう」

湯の誘いに応えるのも御用のひとつだ。

幹次郎は玉藻に案内されて茶屋の風呂場に向かった。

なにか悩みごとがあるとき、湯に浸かって考える、これが四郎兵衛の癖だ。これまでも幹次郎や番方の仙右衛門らが付き合わされてきた。

「お父つぁん、神守様ですよ」

玉藻のかける声が天井の高い湯殿に響いた。

「神守様、ごゆっくり」

玉藻が消えて、幹次郎は素っ裸になった。

山口巴屋は吉原内外にある百五十余軒の茶屋のうちでも筆頭株の客筋のよさを誇っていた。それは仲之町に面して広い間口を見せる店構えが示していた。それだけに節なしの檜（ひのき）がふんだんに使われた広い湯殿にたっぷりとした新湯が満ちていた。

四郎兵衛はひとり湯に浸かっていた。

「お出でになられたか」

幹次郎はかかり湯を使って体を洗い流した。

昨夜は甚吉の付き合いで湯に入れなかった。それだけに湯を被ると酒の気（け）が毛穴じゅうから抜けていくようで気持ちよかった。

「失礼致します」

幹次郎は湯船に浸かると四郎兵衛が、

「汀女先生は翔鶴様の座敷に呼ばれたそうですな」

「大変楽しいものであったらしく、上気して戻って参りました。われらのような者に気を使っていただき、勿体ないことです」

「汀女先生のお人柄ですよ」

と応じる四郎兵衛に、

「面番所に新しい顔が見えましたな」

「ほう、気づかれましたか」

「油断のなさそうな目配りですが、ちと暗い感じがした。あのような御用聞きがおりましたか」

「会われたのは御用聞きですか」

「新顔は御用聞きだけではないので」

頷いた四郎兵衛が、

「今月は北町奉行所の月番です。同心のひとり、山崎弥之助様と申される温厚な御仁が吉原と関わって参りました。それが十日ほど前、役宅の厠を出たところで倒れて、急死なさいました。この時節、夜中に床から出て寒い厠で倒れることがままあります。山崎様もその口にございましょう」

「それは存じませんでした」

幹次郎は胃病病みの山崎の気迫のない顔を承知していた。

「山崎様には娘御だけで、跡継ぎがおりません。そこで上役の方が知り合いの御家人の三男を仲介なされて養子に迎え、跡継ぎに決まりました」

町方の与力同心は一代抱席が決まりであった。だが、実際は嫡男が父親の跡を継ぐ習わしがあった。娘の場合はしかるべく養子を迎え、子なき場合は八丁堀の同僚の家から次男、三男をもらい受けて養子縁組をし、同心の職を世襲していく決まりだった。

それが御目見以下の町方役人の家系を守る術であった。

山崎家もその例に倣ったのだ。

「弥之助様の跡を継がれた蔵人様は念流の遣い手とか、その技量は八丁堀でも相手できる者は数人しかあるまいという評判にございます。このような場合、上役の内与力鍬方様が山崎蔵人様を同道なされて、われら吉原会所にお披露目をなされ、われらも新任のご挨拶として、なにがしかを包む仕来たりがございます。まあ、どこにもある付き合いと思うてくだされ」

幹次郎は頷いた。

「ところが蔵人様はさような仕来たりは無用に願いたいと上役の鍬方様ににべもなく断わられたとか。昨日、独り飄然と赴任してこられました。その折りのことです、亡き義父が使っておった御用聞きをすべて解雇なされた。そして、自ら呼び寄せたのが、神守様がお会いになった御用聞き、赤元結の岩松です。この者、いささか吉原と関わりがございましてな、神守様の長屋のある田町にて、父親が始末屋をしておりました」

始末屋とは支払いの金子が足りない、あるいは最初から持参していない客に対して、妓楼や茶屋に成り代わり、客の店や家まで従い、時には強談判に及んで代金を取り立てる商いだ。

商売柄、御用聞きを従えていることが多い。

始末屋で有名な店は田町の越前屋と青柳といった。

「岩松の父親は辰五郎という男でしてな、取り立ての代金が十両だとすると客からは女房を叩き売ってでも十両を作らせ、妓楼には半値の五両を納める始末屋で、半返しの辰五郎と呼ばれていました。この辰五郎、岩松が十八のとき、失敗をやって吉原から縁を切られた。いえね、始末を請け負っておきながら取り立てができなかったと申し出、その実、取り立てた金を懐に入れたのが発覚したのです」

四郎兵衛は湯から上がり、洗い場に座った。

幹次郎も上がり、四郎兵衛の背中を糠袋でこすり始めた。

「すみませぬな」

と言った四郎兵衛が話を続けた。

「辰五郎は始末屋を辞めさせられた直後に吉原を恨みながら亡くなったそうです。それから十三年が過ぎて、倅の岩松が新任の同心どのと吉原に入り込んできた。偏屈な同心に吉原の裏を知り尽くした御用聞き、これだけでも会所としてはやりにくい」

四郎兵衛の言葉は思案に余るという感じが籠っていた。

「四郎兵衛様、山崎蔵人どのと話されましたか」

「昨日、呼び出しがございました」

四郎兵衛の背中が硬直して、吐き捨てた。

「今思い出してもちと腹立たしい対面にございました」

面番所に呼ばれたのは吉原会所の七代目頭取の四郎兵衛に、総名主三浦屋四郎左衛門ほか町名主ら、信濃屋善五郎、揚羽楼庄兵衛、駒宮楼六左衛門、喜扇楼正右衛門、常陸屋久六、北国屋新五郎の八人だ。

この八人は一夜千両といわれた吉原の顔役である。

それら八人を面番所の筵を敷いただけの土間に座らせ、新任の山崎蔵人は上がり框に横柄にも腰を下ろして、着流しの裾の間に大刀を立てて、四郎左衛門らをじろりと睨み据えた。だが、なにも言葉は発しなかった。赤元結の岩松も土間の隅に立ち、吉原の旦那衆を見下ろしていた。

「お呼び出しにより総名主以下、町名主、会所頭取八人顔を揃えてございます」

四郎兵衛が挨拶をした。

しばらく山崎は無言を続け、八人を順繰りに見回した。

「新任の隠密廻り同心山崎蔵人である」

山崎は三十五歳、身丈は五尺七寸（約百七十三センチ）余だが、がっちりとした体型の持ち主であった。眼窩が窪み、鈍い光を放って人を見下す様子が見えた。四郎兵衛は山崎にどことなく違和感を抱いた。だが、それがどこから来るのかまでは察しがつけられなかった。

「ご苦労様にございます」

「吉原には会所というものがあるそうじゃな」

山崎は分かり切ったことを問うた。

「なんのための役所か」

「はっはい、吉原はお上から許されたただひとつの官許の遊里にございますれば、京の島原以来のいささか風変わりな風習、仕来たりがございます」

と総名主の四郎左衛門が答えて、さらに語を継いだ。

「また二万余坪の塀の中に一万を超える者と客が一緒に過ごしておりますれば、いろいろと面倒も起こります。そこで諍いごとなど未然に防がんと吉原会所を設けてございます」

「黙れ！」

山崎が吉原の総名主を一喝した。

「三浦屋、そなた吉原が官許の場所と申したな」

「はい、申しました」

四郎左衛門の顔に憤然とした表情があった。

「官許ゆえに町方差配下にあることも承知しておろうな」

「むろんのことにございます」

「われら隠密廻り同心が面番所に詰めておるのはそのためだ」

「承知にございます」

「承知と申したな。われらの職権を吉原の町人風情がないがしろにして、面番所を無視しておるのはどういうことか」

「はい、それは長い間の吉原と町奉行所の仕来たり、慣習にございます。またわれらは吉原内の諍いを未然に防ごうとお上のお手伝いを申し上げておるだけ、諍いのすべてを面番所に報告して、命を仰いで参りました」

「黙れ、四郎左衛門！」

山崎同心が怒声を浴びせ、四郎左衛門の顔が、

すうっ

と青くなった。

「山崎様、なんぞお考えをお持ちで吉原に赴任なされた様子、われらにその存念をお聞かせくだされ」

四郎兵衛が総名主に代わって訊いた。

「官許を得た元吉原以来、吉原が町奉行所支配下にあることは明々白々、吉原会所などと申すものを組織して、廓内の治安自治に当たろうなどとは僭越至極、町奉行曲淵様も許してはおられぬ」

「お言葉ではございますが、会所はなにも面番所に代わって吉原を差配しようなどと考えてもおりませぬ。総名主も申された通り、大勢の男女が住み暮らす格別な町にございます。四郎左衛門様をはじめ、名主方の合意により、吉原を動かし

ておるのでございます。これはなにも町奉行所をないがしろにしてのことではない。できるだけお上の手を煩わせぬようにと思うての考えから成った仕来たりにございます」

「四郎兵衛、そなた、吉原の町奉行職のつもりでおるか」

「滅相もございませぬ」

「そなた、裏同心と称して用心棒を雇いおり、なにかと陰で始末しておるようじゃな」

「それもこれも諍いを未然に防ぐためにございます」

「黙れ黙れ！」

四郎兵衛は沈黙した。

「申しつける。今後、山崎蔵人が面番所にあるとき、一切の揉めごと、訴えは、面番所で処理致す」

「ご苦労様にございます」

「四郎兵衛、それでよいのじゃな」

「むろんのことにございます」

四郎兵衛としてはそう答えざるをえない。

「山崎様、お伺い致します。吉原には紋日など年中行事がございます、花魁道中など見物の客が仲之町に集まる仕来たりもございます。かような賑わい、祭礼などの警固も山崎様方でなさるのでございますか」

山崎蔵人がにたりと笑った。

「致す」

「大変失礼にございますが、かぎられた人数の同心方と御用聞きだけではとても足りますまい」

「四郎兵衛、会所には何人の小者を使うておるな」

「番方以下十数名にございます」

「その程度の人数か」

「仲之町から迷路のような裏路地に至るまで男衆は熟知しております。また会所の男衆はすべて吉原に住み暮らす住人を承知でございますれば、この程度の人数でなんとかなりまする」

「費用は莫大であろうな」

「妓楼、茶屋の主方から会所の費用を出していただき、なんとかやりくりしております」

「会所には勘定目録があろう。費えとして妓楼、茶屋からいくらの金子が入り、どう使われたか、当然帳づけはしておろうな」

「はい。すべて総名主、町名主の監査を受けますでな」

「早々に提出致せ」

「山崎様、会所の勘定目録は吉原のもの、いくら町奉行所差配下にあるとは申せ、一隠密同心の命には従えませぬ」

「町奉行所の命に従えぬというか」

「山崎様、そなた様の上役は内与力鍬方参右衛門様にございますな。われらはまず鍬方様にご相談の上にお答え申し上げます」

「よかろう、その返答を待つ」

とあっさりと四郎兵衛の申し出を呑んだ山崎は、

「四郎兵衛、本日より会所の小者どもを面番所支配と致す、さよう心得よ」

「いきなりの無法、お受け致しかねます」

「さらに裏同心なる浪人者の仕事を認めず。早々に馘首致し、吉原より放逐せよ」

「これまたお門違いの命かと思われます」

「四郎兵衛、それがしの命を聞けぬと申すのじゃな」

「山崎様、吉原の自治は町方の監督の下に五丁町が協力して成り立ってきた経緯がございます。急に改めよと申されてもちと性急に過ぎまする。われらにも検討の機会を与えてくだされ」

「四郎兵衛、山崎蔵人を甘くみるなよ」

「いささかも甘くなどみておりませぬ」

「その言葉を肝に銘じよ。三日だけ返答に猶予を与える」

「有難うございます」

四郎兵衛らは腹立たしさを押し隠して面番所を出ると、吉原会所の奥座敷に場を移した。

総名主の三浦屋四郎左衛門が、

「七代目、あの同心の悪口雑言の要求をどう考えなさるな」

一同心の新任の振る舞いとしては異常極まりなかった。

「いささか乱暴にございますなあ。あやつの自信がどこから来ておるものか、まず調べとうございます。しばらく時をくだされ」

会所で侃々諤々の議論ののちにひとつの方針が決められた。むろん山崎蔵人の放逐である。

「神守様、吉原から放逐されるは神守様と汀女様ではなく、山崎蔵人と御用聞きの岩松にございますよ」

と四郎兵衛が言った。

「山崎どのの上役、鍬方様にはお会いになられましたか」

「番方の仙右衛門が使いに立ちましたが、まだ戻ってきませぬ」

町奉行所の用事が終わるのを待たされているのであろうと四郎兵衛が言い足した。

「四郎兵衛様、なんぞそれがしが致すことがございますか」

「昨日から山崎蔵人と岩松の身許を総浚(そうざら)いに洗う探索を会所全員で行っております。まずはあやつの過剰なる自信がどこから来るものか、調べてから次なる一手(いって)を決めましょうかな」

四郎兵衛は幹次郎に話したせいか、いつもの落ち着きを取り戻していた。

「承知しました」

「ここ当分、会所の出入りは遠慮してくだされ。今戸橋際(いまどばしぎわ)の船宿牡丹屋(ぼたんや)がしばらく会所の引っ越し先にございます。夕暮れ、番方らもそちらに戻って参りますでな」

「ならばそれがしも今後は牡丹屋に詰めることに致します」

山口巴屋の湯の会談が終わった。

三

幹次郎は吉原会所をいつもの裏の路地から出た。すでに昼見世目当ての客たちがちらほら張見世(はりみせ)を覗いていた。そんな中には深編笠を被った勤番侍(きんばんざむらい)が交じっていた。

旗本家、大名家に奉公の侍は、夜を徹して役宅を留守にすることは、ご法度(はっと)である。武家はまさかの場合に備えるのが決まり、役宅を空(あ)ける場合にはしかるべく役所なり、上役への届けを出して許しを得なければならなかった。

吉原へ遊びのためと届けるわけにもいかない。そこで侍の遊びは昼間が多かった。

幹次郎は菅笠を被り直し、昼遊びの侍たちに紛(まぎ)れるように仲之町に出た。

待合ノ辻の向こうに面番所が見え、今しも同心が姿を見せて、御用聞きらを従えて廓内の巡視にでも出る様子だった。

山崎蔵人か。

浅黒い顔は精悍で、片頬に冷笑を浮かべて、赤元結の岩松に顎でなにごとかを命じた。畏まった岩松が目敏く幹次郎の姿に目を留め、山崎に耳打ちした。すると山崎が着流しの裾を、

ぱあっぱあっ

と蹴って幹次郎の前に立ち塞がった。

吉原会所の前であった。

「おめえが吉原の裏同心かえ」

山崎蔵人が決めつけるように言った。

並んでみると背丈は幹次郎より三寸（約九センチ）ほど低かった。だが、四肢の筋肉はしっかりとし、腰の据わり方はどっしりとしていた。尋常ではない剣技の修行をしたことを一目瞭然に示していた。

「神守幹次郎にございます」

とだけ幹次郎は名乗った。

「四郎兵衛に聞いたな。吉原には面番所があるんだ、会所は本来の役目に戻し、女郎の見張りをすることになった、となると裏同心なんて用心棒はいらねえ。おめえの出入りは本日限りだ」

「山崎どの、それがし夫婦は吉原に拾われ、なんとか暮らしが立つようになりました。それがしが会所の御用を務めるのが筋違いと申されるなれば、素直にお受けも致します。ですが、女房はただ遊女衆に読み書きを教えているだけにございます。生計もございます、女房の出入りだけはお見逃しくだされ」

下手に出た幹次郎の態度に山崎はしばし考えていたが、

「当座は許して遣わす」

と応じた。

会釈を返した幹次郎は大門へと向かった。その背を、

ぞくり

と氷の刃を感じさせる視線がいつまでも追っていた。

五十間道から衣紋坂、さらに日本堤に出て、幹次郎はようやく緊張を解いた。

眼前にいつもの光景が広がっていた。

馴染の女郎衆との逢瀬(おうせ)に顔を紅潮させた男たちがつい早足になる歩みを抑えな

がら、日本堤、通称土手八丁をやってくる。

その間を今戸橋へと歩きながら、幹次郎は念流の達人という山崎蔵人はどこの道場で修行をしたかと考えた。

念流は、一念流とも称した。

祖は一念無当斎源備、源満ともいわれ、陸奥国に伝承された武芸だ。

幹次郎は流浪の旅の間に陸奥で念流の看板を見かけたことはあったが、それ以上のことは知らなかった。

山崎蔵人は御家人の倅という。

ならば江戸で念流を修行したのであろう。

幹次郎は一旦今戸橋に向けた足を転じた。

左兵衛長屋の前を素通りして、下谷山崎町の津島道場へと行く先を変えた。

津島道場で古手の門弟に訊けば、江戸の念流道場がどこにあるか分かるかもしれぬと考えたのだ。

浅草田圃を抜ける道にも遊客の姿があった。

幹次郎はゆったりとした足取りで寛永寺のほうへと進んだ。

浅草溜の前を通り過ぎようとしたとき、車善七が配下の者に見送られて出てきた。


「おや、神守様」

「善七どの、ご堅固の様子、なによりです」

ふたりは自然と肩を並べて浅草寺裏へと向かった。

「思案顔の神守様の胸中、当ててみましょうか」

「善七どのは八卦見もなさるか」

「吉原に新しい隠密廻り同心が赴任してこられて、会所に無理難題を吹きかけられた。違いますか」

「それがし、ただ今、吉原への出入りを禁じられたところです」

善七が苦笑いした。

「そんなことだと思いましたよ。山崎様はうちにも見えられて、溜のあちこちを巡視していかれました。そのうちなんぞ言って参りましょう」

「なんとも素早いことです」

善七の顔を顧みた幹次郎は、

「一介の同心、それも新任の同心にしては態度が大きい。不遜な言動はどこからくるのかと思案していたところにございます」

と言った。

「浅草溜は五代将軍綱吉様の治世下、貞享四年（一六八七）、北町奉行北条安房守氏平様の命にて囚人を預けられたのが始まりにございます。一同心が大溜め、二の溜め、三の溜め、さらには女溜めまで巡察してしたり顔をするなど、ちと僭越に過ぎます」

「会所でも山崎蔵人どのの身辺を探りおるところにございます」

「うちでなんぞ分かりましたら、左兵衛長屋に投げ文しておきます」

「有難い」

と礼を述べた幹次郎は、

「山崎どのは念流の達人と聞きました。道場からなんぞ分からぬかと津島道場に問い合わせに行くところにございます」

「お互い汗を掻かされますな」

と善七が笑ったとき、ふたりは浅草寺の裏手の辻に差しかかっていた。

「神守様、わたしは奥山に用がございましてな」

ふたりは辻で左右に別れた。

津島傳兵衛道場を訪れた幹次郎は、師範の頼近巧助を表口に呼んだ。

道場では昼稽古の最中で三、四十人の門弟たちが打ち込み稽古に汗を流していた。

「神守様、今日は稽古ではございませんので」

「師範に、ちと知恵を借りたくて参じました。江戸に念流の道場がござろうか」

「念流の道場ですか。さてその流儀には覚えがないな」

「それがし、流浪の折り、念流は陸奥国にて一念無当斎様によって始められた剣技と聞き及びました」

「ちとお待ちくだされ」

頼近は道場に向かって、

「渋谷どの」

と叫んだ。すると打ち込み稽古をしていた中からひとりの門弟が稽古を止めて、走り出てきた。

年齢は幹次郎と同じくらいか、一、二歳若いかもしれなかった。

「神守様はご存じかな。渋谷新三郎どのは伊達家中のお方でな」

と初めて見る顔を紹介した。

「神守幹次郎と申します、よしなにお付き合いのほどを」

「師範を痛い目に遭わされた方ですな」

「さような覚え方はしなくともよい」

と苦笑いした頼近が、

「そなた、念流を承知か」

「ほう、珍しき流儀を耳にしましたな」

「念流は仙台藩に伝わる武術か」

「師範、たしかに流祖の一念無当斎様は仙台藩領内の生まれにて、その流儀も領内に伝わっておるようです。ですが、伊達家の武術は八条流、願立流、一刀流、四兼流がお家流にございまして、一念、あるいは念流は藩とは関わりがございませぬ」

「念流の道場が江戸にございましょうか」

幹次郎が口を挟んだ。

「麻布に念流を教える剣術家が住まいしていると聞いた覚えがございます」

「ほう、麻布ですか」

「わが藩の下屋敷が麻布仙台坂にございます。その裏手、麻布本村町に住もうておるとか。ただしその者の名も存じませぬ」

「訪ねてみます」

幹次郎はこの足で訪ねることを告げた。すると、

「神守様、うろ覚えにございます、無駄足になるやもしれませぬ。一日二日猶予をいただきますれば、家中にて問い合わせてみます」

と渋谷が慌てた。

「無駄足は承知で訪ねるのです。渋谷どの、ご斟酌無用に願います」

幹次郎の決心に頷いた渋谷が、

「神守様、この次の機会にはそれがしに稽古をつけてくだされ」

「それがしでよければ」

幹次郎は頼近と渋谷に礼を述べると道場を出た。

幹次郎が今戸橋際の船宿、牡丹屋に顔を出したとき、四郎兵衛の他に会所の面々が顔を揃えていた。どうやら番方の仙右衛門らの報告を受けたところらしかった。

どこか一座に和やかな空気が漂っていた。

「おや、あれからどちらかにお出かけでしたかな」

四郎兵衛も余裕の表情で訊いた。

「麻布まで遠出して、ただ今になりました」

頷いた四郎兵衛が、

「番方、今一度、鍬方参右衛門様に会った経緯を話してくれぬか」

と頼んだ。首肯した仙右衛門が、

「山崎家の養子を仲介なされた与力は、筆頭内与力の進藤唯兼様にございました。進藤様は知り合いから腕の立つ有能な者をなんとか同心に取り立ててくれと金子で頼まれたとか。その知り合いの名は迷惑がかかるゆえと鍬方様にも教えられなかったそうです」

内与力は奉行付きの与力で南北各二十五騎と決められた与力の数には入っていない。奉行に封じられる旗本家の家臣で、秘書的な役割として三、四人が新任の町奉行に従ってきた。ゆえに奉行職を主が辞めれば内与力も当然主と一緒に奉行所を去ることになった。

「北町奉行の曲淵甲斐守景漸様は明和六年（一七六九）から十八年の長きに及び、北町奉行を務めておられます。そろそろ交替かと何年も前から噂されているお方でしてな、筆頭内与力進藤様はこの際、少しでも蓄財を増やそうとなんにでも手を出されるという噂の人物にございますそうな」

と四郎兵衛が苦笑いした。

仙右衛門がさらに説明した。

「山崎家の養子になった蔵人様の旧姓は兼康と申し、百俵五人扶持の者にございました。この兼康家、御目見以下ですが、二半場の家柄、つまり御譜代に準じる待遇です。四代将軍家綱様の代までに留守居、与力、同心の職に就いていたそうですゆえ、家督相続を許されております。父親の助久様は無役にございますが、二半場ゆえに目付支配無役として支配を受けております」

「目付の支配下にあるのですか」

「幕臣の中でも下級武士の御家人が力を持つとしたら、秘密を探り得る立場にあったか、賂を受ける立場にあったかでございましょう。どうやら兼康家は幕臣の秘密を探る職に就いていたのかもしれません」

仙右衛門は推測を語った。

「ともかく上役の鍬方様も筆頭内与力の進藤様に命じられるがままに、山崎家に蔵人様を養子に入れる口利きをしたというのです」

「とすると吉原での山崎蔵人どのの専横をご存じないのですね」

「鍬方様はそれほどまでかと驚きの様子でございましたよ。あやつ、世の中の理（ことわり）をなにも知らぬのだ。一度呼んで厳しく言い聞かすゆえ、しばらくの猶予をくれと請け合われました。まずこれで一件落着かとわれら安堵していたところです」

「それはよかった」

と答えながら、幹次郎はどこか、

（このまま済むのであろうか）

と危うい気持ちを抑え切れなかった。

「神守様は麻布に参られたか」

四郎兵衛が訊いた。

「念流を教える方が住んでおられると聞いて訪ねてきました」

「なんぞ分かりましたか」

頷いた幹次郎は麻布訪問の経緯を語るために姿勢を正した。

幹次郎は陸奥仙台藩六十二万石の下屋敷の西側から南側にかけて広がる麻布本村町の鄙（ひな）びた百姓家に念流師範三木光琢（みきこうたく）道場をようやくにして訪ね当てた。

垣根の向こうでは稽古の最中か、その気配が伝わってきた。だが、大勢ではなさそうだ。

「ごめん」

と門前で訪(おとな)いを告げると稽古がやむ気配がして、垣根の間からひとりの娘が顔を出した。十五、六歳か、額(ひたい)に汗が光っていた。

裁(た)っ着(つ)け袴の下は素足だ。

「三木先生にお目に掛かりたいのですが稽古の最中の様子、ご迷惑なればあとで参りましょうか」

幹次郎の言葉に、

「庭先でよければどうぞお入りください」

と娘は許しを与えた。

「御免蒙(こうむ)ります」

幹次郎は菅笠を脱ぐと娘に従った。すると野天(のてん)の道場がいきなり現われた。

三木道場には屋根つきの道場はなく、庭が稽古場のようで二十畳ほどの空き地が相撲(すもう)の土俵(どひょう)のようにつるつるに固められていた。

百姓家の縁側に老爺(ろうや)がひとり腰を下ろし、数人の稽古を眺めていた。

「爺様、お客人です」

娘は三木光琢の孫か、剣術指南役をそう呼んだ。

光琢が幹次郎に視線を向けた。鋭い眼光は幹次郎の風采を確かめると直ぐに穏やかなものになった。

「遠くから見えられたか」

「吉原から参りました」

「吉原とは官許の遊里のことかな」

ふたりの問答に、稽古を止めた門弟たちが聞き入っていた。娘の他の門弟は男で二十歳前後の若者ばかり、全員が素足だ。

「はい。それがし、吉原の会所の世話を受ける神守幹次郎と申します」

「ほう、吉原会所の方とな。で、用件とはなにか」

「三木先生のお弟子に山崎蔵人と申される方がおられましょうか」

老人の眼光が戻った。

「山崎蔵人なる人物は知らぬ、兼康蔵人なら承知だ」

幹次郎は山崎の風貌を告げた。

「その人物なれば兼康蔵人じゃな。蔵人なればたしかにわしの弟子であった。だが、故（ゆえ）あって半年も前に破門（はもん）に致した」

「いかなる曰（いわ）くで破門になされたので」

「ならばなぜそなたが蔵人のことを聞き知りたいか、経緯を述べるのが先ではないか」

「おおっ、これは失礼申しました」

幹次郎は吉原会所が陥った苦境を正直に告げ、

「なぜ一同心が波風を立てられるような強気を通されるか、知りたいとこちらに訪ねて参りました」

と説明した。

「なんと蔵人は町奉行所に奉職（ほうしょく）しておったか。あの者、幕臣として仕官するのだと一心不乱に稽古に励んできたのだがな。なにしろ野心が強過ぎた」

「三木先生、吉原には三千人の遊女を支えて一万人からの男女が住み暮らしております。浅草裏に吉原が移ってすでに百三十年以上が過ぎ、それなりの仕来たりも約束事もございます。それを山崎蔵人どのは一気に変えようとなされておられる」

頷いた老人は弟子たちに向かって、

「本日の稽古はここまで」

と告げた。

弟子たちが師匠に感謝をして、手早く野天の道場が清掃され、弟子たちが井戸端にでも向かうのか、その場から消えた。

孫娘も姿を消して、縁側に光琢老人と幹次郎のふたりだけになった。

光琢の視線が幹次郎に向き直った。

「神守どの、これはそなたを信じて話すことゆえ、不要な他言は無用に願いたい」

弟子たちの稽古を早く終わらせたのはこのためかと幹次郎は頷いた。

「兼康家は幕臣の中でも下級の御家人にござる。だが、家系は二代の秀忠（ひでただ）様以来とか。貧乏のわりに気位が高いのはその家系にあるのであろう。蔵人は剣で身を立て、仕官を致すべしとわが門を潜った。今から十四、五年も前のことか。それがしの弟子の中でも群を抜いた体力と技量の持ち主でな、稽古も尋常ではなかった。夜明け前から日が没するまでこの野天の道場で激しく体を鍛え、技を磨いておった。六、七年も前からすでに蔵人の技量はだれも太刀打ちできなかった。むろんわしもじゃあ」

光塚老人と幹次郎に孫娘が茶を運んできた。

「造作をかけ申す」

老人は茶で喉を湿らせて、娘が母屋に下がったあと、話を再開した。

「蔵人の熱心は仕官のためであった。だが、太平の世に少々腕が立つからと申して仕官の口などない。蔵人の暮らしぶりが荒れ始めたのは二十五、六を越えたころからか。酒は呑む、遊里に出入りはする。官許の吉原ではない、せいぜい四宿のひとつ品川辺りの安女郎相手であろう。だが、蔵人の気持ちも分からぬではない。あれだけの修行をしても奉公の口ひとつないのだからな、だが、これは蔵人にかぎったことではない」

幹次郎が頷いた。

「わしが蔵人を破門にした理由は、門弟のだれもが身持ちが悪くなったからと思うておる。これからもできることならそう思わせておきたい」

「事情は違いますので」

光塚老人が重い溜息を吐いた。

「品川界隈で辻斬りが流行り始めたのは二年も前からか、懐の温かい旅人を襲い、ときに御用の侍を狙って一撃で殺し、懐中物を盗む」

光塚老人の話は思わぬところへ展開した。

「偶々のことだ、夜明け前、この道場に人の気配がするで、わしが覗くと蔵人が立っておった。その様子が殺伐としておってな、どうも尋常ではなかった。その日の昼下がりのことだ、品川宿で筑後久留米藩の家臣の方が襲われ、懐中物が抜き取られたという話が伝わってきたのは……」

光塚老人はふたたび茶を飲んだ。

「機会を得て、蔵人の差し料を抜いて刃を調べた。血糊こそ拭き取られておったが、人を斬った痕跡が刃に歴然と残っておった。そこへ蔵人が姿を見せて、師匠といえども武士の差し料を勝手に調べてよいのかと激昂しおった。わしは問い質した、この刃の汚れは人を斬った跡だなと」

「山崎どのはどう答えられましたな」

「蔵人はわしから刀を奪うと一瞬殺意を見せた。だが、さすがに師匠を斬りつけることは躊躇しおった。その日を限りに蔵人を破門と致し、そう弟子たちに宣告したのだ」

幹次郎は頷いた。

「神守どの、蔵人はわしの育てた弟子だ。それも尋常ではない腕の持ち主だ。あやつが辻斬りとは思いとうない。だがな、そなたの話を聞いてどこか納得致した。あやつが他人の懐を狙ったとするならば遊び代欲しさだけではなかったのかもしれぬと今気づかされた。あやつは金子で仕官の口を買いたかったのではないか。だが、それでも将軍家に拝謁（はいえつ）できる旗本にはなれなかった、買い得たのは御目見以下の町方同心の婿（むこ）の口であった。蔵人にとって決して満足したものではあるまい。そのへんに蔵人が強気を押し通す曰くが隠されておるのではないか」

　幹次郎は黙って頭を下げた。

「神守どの、わしはそなたを信じて話した。わしの推量が間違いなれば、すべてを忘れてくだされ」

　さらに念を押した。

「承知しました」

　幹次郎は縁側から立ち上がった。

「……神守様」

　話を聞き終えた四郎兵衛の顔が引き攣（つ）っていた。

「私どもは鍬方様からのご注意で元の鞘（さや）に戻るかと安易に考えましたが、どうやら一筋縄でいく相手ではなさそうだ」

「はい。いま少し山崎蔵人の身辺探索に力を注ぐ要がありそうにございます」

「番方、聞かれたな」

「ちとあやつを甘くみ過ぎました。改めて褌(ふんどし)の紐(ひも)を締め直して、調べにかかります」

仙右衛門の言葉に会所の若い衆たちが頷いた。

四

吉原の会所が機能を停止して、廓内で引ったくりや掏摸(すり)が流行り始めた。

会所が消えたことを知った掏摸稼業(かぎょう)の連中が外から入り込んできたのだ。

面番所では御用聞きの手先たちを配して警戒に当たったが、遊女たちのいる張見世をぼうっと注視して、ついやにさがる遊客の懐中物などを引ったくった掏摸は、さあっと人垣を掻き分けて路地へと入り込み、蜘蛛(くも)の巣のように張られた迷路に逃げ込んで姿を消した。

だが、これまで会所の面々に警備を任せっきりにしていた面番所の手先たちでは迷路がどうなっているかも知らず、追いかけたはいいが複雑に入り組む路地裏に自分たちが迷う始末で埒があかなかった。

　これまで楽をしてきたつけが回ってきていた。

　面番所には財布を掏られた客たちが次々に文句を言ってきたが、どうにも探索の手立てが立たなかった。

　吉原は京間東西百八十間、南北百三十五間の二万七百六十余坪、ちょっとした大名家の中屋敷程度の広さだ。だが、この五丁町に一万余人の住人が住み暮らす別世界なのだ。

　華やかな表通りの裏路地を知らなければ探索のしようもない。むろん山崎蔵人が新しく従えた赤元結の岩松は吉原の裏の裏まで承知だが、吉原の住人との信頼関係がなかった。

「こっちに掏摸が逃げ込んでこなかったか」

　と御用風を吹かせたところで、

「親分、気がつきませんでしたよ」

　と答えられればそれまでだ。

　それにひとりではどうにもならなかった。

密かに内与力鍬方から吉原の総名主三浦屋四郎左衛門に吉原会所の復帰が打診された。

その知らせをもって四郎左衛門自ら今戸橋の船宿に出向き、仮の会所を設けて陣取る四郎兵衛に相談された。

同座したのは番方の仙右衛門と神守幹次郎のふたりだけだ。

「総名主、会所はこれまで通りに御用を務めろと申されるので」

それが、と四郎左衛門が答えを言い淀んだ。

「総名主、われらは山崎蔵人なる同心から吉原会所の閉鎖を命ぜられ、かくの如き廓外へと出ざるを得なかったのです。山崎様は吉原会所を認められてのことにございましょうな」

「七代目、それがちと厄介でな」

「総名主、忌憚のないところをお話しくだされ」

「立腹せずに最後まで聞いてくだされよ」

と前置きした四郎左衛門は、

「山崎様が会所を追放されたことをなぜか奉行の曲淵景漸様が強く支持なされておられるとか、内与力どのが北町の隠密廻り方全員にそう通告なされたそうです」

「総名主、ならばわれらの復帰は絵空事
「だが、七代目、曲淵様は交替を噂される奉行ですぞ。北町の同心方は新しい奉行の下でこれまで通り、吉原との関わりを続けたいと願っておられる」

それだけ吉原から金子が奉行所に流れ、奉行はもちろん内与力、同心の懐を潤していた。

「総名主、なぜ曲淵様は新任の一同心の動きを支持なされるのでございますな」

「それが分からぬと鍬方様も当惑しておられる」

と困惑の表情を浮かべた吉原の総名主が、

「七代目、そなた方の手で曲淵様と山崎蔵人の関わりを調べ上げてはくれませぬか」

「ただ今も長吉らを走り回らせているところにございます」

「山崎なる同心がなぜあのようにも専横なのか、それをなぜ奉行の曲淵様が容認なさるかの調べがつけば、それ次第では始末もできよう」

総名主が四郎兵衛に囁くように言った。

「差し当たってわれらが大手を振って会所に戻ることは叶わぬので」

「七代目、そなたらがいなくなって外から引ったくり、掏摸の連中が入り込んで好き放題だ。近ごろでは徒党を組んで、強引に奪う事件が頻発しております。そのうちに怪我人が出て吉原の客足が減ると、妓楼、茶屋の主方からなんとかせよとの矢の催促です」

四郎兵衛は番方と幹次郎を見た。

「四郎兵衛様、わっしが指揮して山崎蔵人の身辺を探ります。吉原には密かに神守様に戻っていただいて、引ったくり、掏摸の始末をしてもらいましょうか」

仙右衛門の答えに四郎兵衛が頷いた。

黄昏どき、勤番侍の形に身をやつした幹次郎は、深編笠を被って面体を隠し、独り五十間道を下った。

春の月が頭上に薄くあった。

大門前まで来ると、どこからともなく三弦の調べが響いてきた。

独特な哀調を秘めた清掻だ。

どこの妓楼も清掻を奏でるのは番頭新造の役目であった。歌もなく弦の爪弾きだけで幽玄の遊里の雰囲気を醸し出す、するとそれまで倦怠に落ちていた吉原が、

がらり

と様相を変えた。

二階座敷から、化粧をして前帯を締めた女郎衆が大階段を下りて、張見世の座につく。新造、禿を従えて、左右に抱えの女郎たちが居流れる。

その一瞬に遊女の粋と伊達が込められていた。

廓内にどよめきにも似た男たちの溜息が漏れる。

吉原ならではの瞬間だ。

その一瞬を導くのが清掻だ。

幹次郎の脳裏に下手な腰折れが浮かんだ。

清掻の　切なき調べ　朧月（おぼろづき）

幹次郎はその夕暮れの三味番（しゃみばん）が松風楼（しょうふうろう）の八重垣（やえがき）だと気づいていた。

だれが弾くのか、すべての弾き手を幹次郎が当てられるわけではない。だが、八重垣の爪弾きはそこはかとなく男心を魅惑する間（ま）と音（ね）を持ち合わせていた。

この当代一の清掻弾きは伏見町（ふしみちょう）にある半籬、松風楼の番頭新造だ。

夜見世が始まろうという夕暮れどき、大門を大勢の客たちが潜ろうとしていた。

幹次郎はどこぞの家中の勤番者の三人に交じって大門を潜り抜けた。そして、八重垣の清掻に誘われるように待合ノ辻から伏見町へと曲がった。

張見世では男たちとの駆け引きが始まり、中には吸い付け煙草をもらってやに下がる客もいた。

茶屋や妓楼の軒に吊るされた提灯から灯りが淡く漏れてきて、遊女たちの艶やかさを浮かび上がらせた。

幹次郎は清掻の調べがふいに音を落としたように思えた。

名人の八重垣にしては珍しいと松風楼を見た。そのとき、男たちの群れから、
すうっ
と離れた者がいた。

懐手した男の傍らに別のひとりが近づいた。ふたりが交差して、なにかを受け渡して離れようとした。

「待たれよ」

幹次郎が声をかけたのはその瞬間だ。

ふたりの男の動きが止まった。

懐手の男が幹次郎を睨んだ。

冷たい眼差しには人を人と思わぬ非情があった。

「動くと為にならぬ」

幹次郎はそう言いつつも間合の内に詰めていた。

松風楼の男衆もその騒ぎに気づいた。だが、殺気を帯びたやり取りには加われなかった。

「侍、なんぞ言いがかりをつけようというのか」

「そなた、袖に仕舞った巾着を出されよ」

「なんだと、てめえはおれを掏摸だと決めつけようというのか」

場違いな問答に遊客たちも気づき、各々が慌てて懐の財布を探った。すると吸い付け煙草をもらっていた男が、

「おれの巾着がねえ、盗られた！」

と叫んだ。

幹次郎は視線をふたりに預けつつ、

「巾着はどのようなものか」

と問うた。

「革のふたつ折れだ。中におれ宛ての書付が入ってらあ」
「名はなんと申す」
「南塗師町の建具師留造だ」
問答の間にふたりの男はじりじりとしながら間合の外になんとか逃れようと幹次郎の隙をみていた。だが、幹次郎は、
ぴたり
と動きを抑えていた。
「お侍、そいつらがおれの財布を掏りやがったんだな」
留造が訊いた直後、懐手の男が手を抜いた。その手には匕首が煌き、切っ先を上段から閃かして幹次郎に突っ込んできた。
幹次郎は抜いた二尺七寸の刀を逆手に持つと、踏み込みざまに相手の懐に入り込み、剣の柄を左手で突き出した。
匕首が幹次郎の首筋に振り下ろされる直前、柄頭が相手の鳩尾を突いて、
ううっ
という呻き声を漏らさせ、尻餅をつかせた。
もうひとりが路地裏へと逃げ込もうと後ずさりを見せた。

逆手に持たれた柄の手が虚空で、
くるり
と回され、峰に返した片手打ちが首筋に落ちて、その男も倒れた。
あっという間もない早業だ。
幹次郎は剣を腰に納め、ふたり目の男の袖から財布を引き出した。
「ああっ、おれの財布だ」
と叫ぶ留造に財布を投げ返し、
「松風楼の男衆、後始末はお任せ致した」
と言い残すと松風楼の東側に開いた裏路地へと姿を溶け込ませようとした。
その瞬間、張見世の三味番と目が合った。
八重垣がにっこりと笑いかけた。遊女としては美貌に恵まれてはいなかった。
だが、男を安心させるふくよかな顔立ちだった。
幹次郎は深編笠の下の顔をほころばせて応じ、路地へと消えた。
幹次郎の単独行も三日目を迎えた。
その間に四組の掏摸をひっ捕らえていた。だが、徒党を組んで一気に狙う相手を囲み込み、懐中物を強奪していく一味が残っていた。この一味には腕の立つ侍が加わっているとみられ、路地奥まで追跡した客の職人の首筋を刺し貫いて殺していた。

廓内での殺しに四郎兵衛が静かな憤りを見せた。

「里での殺し、許せぬ。第二の殺しが起きぬうちに始末せよ」

無論、面番所でも大門を潜る男たちに目を光らせていたが、掏摸は遊客の群れに紛れて一人ひとりで入ってくるのでなかなか阻むことはできなかった。

ともかく一味には廓内のどこかに落ち合う場所がなければならなかった。

吉原会所が廓外に出て、機能が停止したためにそれが探り出せないでいた。

その日、浅葱裏と呼ばれる大名家の家臣の野暮ったいいでたちに身を変えた幹次郎は、仲之町を水道尻に向かって歩いていた。

この日から幹次郎には長吉が密かに従っているはずだが、どこに姿を隠しているか、分からなかった。

顔は深編笠で隠してあった。

ふいに行く手に歓声が上がった。

上客を仲之町七軒茶屋に迎えに出る薄墨太夫の花魁道中だ。

幹次郎は通りの端に寄った。

見世番に家紋入りの提灯を持たせ、新造、禿を従えての薄墨の道中は風格を感じさせて堂々としていた。

見物の男たちの吐息が漏れた。

外八文字(そとはちもんじ)に進む行列がふいに幹次郎の前で止まった。

「ぬし様、ちと肩を」

幹次郎に薄墨が言いかけた。

「肩を貸せと申されるか」

薄墨の前に出た幹次郎に太夫が片手をかけた。

「鼻緒(はなお)がちときつうありんす」

先導の見世番が薄墨の前にしゃがんで鼻緒を直した。

仲之町の真ん中で、実に堂々とした薄墨の振舞いに見物の男たちからふたたび溜息が漏れた。

「幹様、これを」

薄墨の前帯に入れられていた手がふいに幹次郎の手に触れ、折り畳んだ紙片らしきものが渡された。

「ぬし様、礼を申しますえ」

薄墨の一行はふたたび茶屋へと向かって進み出した。

幹次郎は揚屋町へと入り込んだ。

「浅葱裏め、薄墨太夫に声をかけられてよ、千両富を引き当てたようなもんだぜ」

「田舎侍は相手がだれかもご存じねえようだぜ」

男たちが漏らす嫉妬の声はもはや幹次郎の耳に入らなかった。

幹次郎は揚屋町のどん詰まり西河岸の木戸で足を止め、漏れてくる灯りに渡された紙片を広げた。

〈幹様、三浦屋の新造海老鶴にひとりの馴染あり。元御家人迫水源四郎なる人物、以前はふた月に一度登楼するかどうかもまれなる客なり。それがこの七日余り居続けおりしが夕間暮れにふらりと廓内散策に出向き、一、二刻（二〜四時間）後、また飄然と戻りきたりとか。無論粋人には廓内の灯火時を好まれる御仁もありんす。

なれど源四郎の言動酔狂人に非ず。かような勝手ができるのも五十間道の茶屋右近屋(うこんや)様に百両の金子を預けおりしゆえとか、帳場確かめたりと。

これまた元御家人の懐具合に非ず。

薄墨のお節介、幹様、受けてくんなますか、薄墨〉

「神守様」

頬被(ほおかむ)りして仕出しの膳を頭に載せた長吉が立っていた。

ふたりは西河岸の暗がりに入った。

膳を頭から下ろした長吉に幹次郎は薄墨からの文を見せた。

「神守様、こいつは怪しゅうございますぜ。七代目と相談して参ります。山口巴屋で待っていておくんなせえ」

と言い残すと暗がりに身を没した。


その深夜、吉原に引け四つ（午前零時）の拍子木が気だるく響いていた。

世間の四つ（午後十時）とは違い、拍子木は吉原では夜半近くに打たれた。大門を開いての商いは四つまでが幕府の許した定め、それを少しでも長くしようという魂胆(こんたん)から考え出されたのが引け四つだ。当然、九つ（午前零時）は直後に続けて打たれた。

遊女は客と床入りするこの刻限、番方の仙右衛門に指揮された会所の面々が京町二丁目の裏奥にある湯屋八の字を囲んだ。

吉原には遊女たちや男衆の暮らしを支える八百屋、質屋、小間物屋、本屋が路地裏に店を開き、医師から左官大工など職人までが住んでいた。

当然、この者たちが行く湯屋も数軒あった。

京町二丁目裏の湯屋八の字は、主の八兵衛が病に倒れ、暖簾を上げたり休んだりで評判が悪く、当然贔屓の客も減っていた。

この八の字の湯屋の焚き場に数人の男たちが潜んでいた。

八兵衛を銭と脅しで納得させて、隠れ家にした掏摸の一味だ。

御家人崩れの迫水源四郎を頭分にした掏摸の一味は、吉原の会所がなくなったのを知り、廓内の湯屋に根城を設けた。

夕暮れどきの客が多い時分を狙って、一気に仕事をしのけて、路地奥の根城へと逃れる暮らしを続けていた。

それを指揮していたのが源四郎だ。居続けの日々、夕暮れどきにかぎって廓内の散策に出る源四郎の行動を怪しんだのが薄墨太夫だ。

長吉が八の字の裏戸をこじ開けて、仙右衛門を見た。

「五人とも逃さず踏ん捕まえるぜ」

「へえっ」

番方に指揮された会所の面々が湯屋の薪（まき）小屋に飛び込んでいった。

同じ刻限、京町の総籬三浦屋では新造海老鶴の馴染客、迫水源四郎が厠に立った。

海老鶴との床入りの前の習わしのようなものだ。

厠の戸口の前には海老鶴が待っていた。

御家人の株を銭に困って叩き売った源四郎は、吉原で会所が廃止になり、掏摸、かっぱらいが横行していると知り、博奕仲間の渡り中間たち五人を唆（そその）かし一味を組織させたのだ。

「なあに、吉原会所がなくなったんじゃあ、したい放題だぜ。面番所の同心たちは吉原の馳走攻めで動きがふだんから悪いや。大尽は茶屋に懐中物を預けてくるがな、女郎にもてようとそれなりの隠し金は持っているものだ。懐が温かいか寒いか、おれが合図を送る。いいかえ、一気に仕事をして、表通りから姿を消すんだぜ。追いかける者がいたら、おれが阻む」

この七日に十三件の仕事をして、二百三十四両ばかりを稼いでいた。だが、今ひとつ大仕事が足りなかった。掛取りの帰りに吉原に立ち寄った大店の番頭の懐から何百金もの小判を強奪するような仕事だ。

こいつを終えたら、吉原から一旦引き上げる算段をしていた。

酒臭い小便を長々とした迫水は、

(遊里も居続けると飽きが来るぜ)

と考えながら、戸を開こうとした。

その瞬間、嫌な感じが背筋を走った。

源四郎は懐に隠し持った小刀を抜いた。

迫水源四郎は本所の居合術の林崎流相生毅右衛門道場の師範を務める腕だ。

その本能が危機を教えていた。

なぜか海老鶴の気配が消えて、緊迫したものが漂ってきた。

「だれだえ、おまえさんは」

「吉原会所裏同心、神守幹次郎」

の声がした。

「裏同心がなんの用だ」

「迫水源四郎どの、廓内の湯屋八の字に潜む者たちとの関わりを聞こうか」

「湯屋なんぞに用はないぜ」

「ならば面番所に同道致す、申し開きなされよ」

しばし間があった。

「相分かった」

戸がゆっくりと押し開かれた。

「それがし、無腰(むごし)でな」

と幹次郎に笑いかけた迫水源四郎は素手(すで)を突き出すように見せた。

「ほれ、なにも持っておらぬ」

その手が翻(ひるがえ)った。

掌(てのひら)と指の間に巧妙に隠された小刀が現われて、幹次郎の喉元を襲った。

だが、幹次郎も迎え撃つことを想定していた。

脇差が抜かれ、眼志流の一手、

「横霞(よこがすみ)み」

が鋭く弧(こ)を描いて小刀を持つ手首を斬り飛ばしていた。

うっ

と立ち竦む源四郎の首筋を狭い空間で躍るように反転した脇差が刎ね斬った。

血飛沫が、
ぱあっ
と散り、源四郎は厠に崩れ落ちた。

「終わりましたか」

背に四郎兵衛の声がして、懐から懐紙を出した幹次郎が脇差の血糊を拭い、

「はい」

と答えていた。

第三章　五十間道大黒舞(だいこくまい)

一

下谷山崎町の津島道場を出た幹次郎を待っていた者がいた。

吉原面番所の御用聞き、赤元結の岩松だ。

稽古の間じゅう、身にまとわりつくような眼を意識していたが、

(これであったか)

幹次郎は納得した。

「神守幹次郎さんよ、山崎の旦那から言伝(ことづ)てだ」

迫水源四郎を始末して三日後のことだ。

「なんの用だな」

「面番所の前に掏摸の一味四人が引っ括られて放置されていた」

「ほう、さようなことが」

「会所の仕事だと睨んでいるがねえ、面番所を虚仮にしてくれたものじゃねえか」

岩松は幹次郎を誘導するように歩き出した。

幹次郎は黙って従った。

寺町の間を東に向かっていた。

「会所の四郎兵衛は廓内の大掃除ができたと、おれっちの無能をせせら笑ってやがるだろうが、山崎蔵人の旦那はかんかんだぜ」

「会所は面番所の命により、動きを止めておると聞いておるがな」

「ならば本所の悪たれ中間らをだれが引っ括った」

「さて、だれかな」

「とぼけるねえ。神守の旦那、こやつらの頭分、迫水源四郎をどうしたね」

「迫水源四郎様、はてその者はどなたかな」

幹次郎が始末した源四郎の死体は密かに廓外へと運び出され、吉原所縁の無縁墓地に投げ込まれた。

始末に動いたのは長吉ら会所の若い衆だ。

「迫水の野郎、このところ大籬の三浦屋に居続けしてやがった。御家人株まで叩き売った貧乏浪人にできる真似じゃねえや。四人の体に訊くと迫水の考えで吉原に潜り込んだというじゃねえか。八の字なんて潰れかけた湯屋を根城に見つけてきたのも迫水というぜ。三浦屋を訪ねてみると迫水の野郎、とっくに楼を出たという。馴染の海老鶴も口を揃えて、源様はお帰りなさんしたと抜かしやがった。五十間道の茶屋も同様の答えだ」

「となると迫水源四郎なる者は廓外に逃れたか」

「山崎の旦那もおれもそんなことは夢にも考えてねえ。おまえさんが動いて始末したと思うている」

「岩松親分、考え過ぎじゃな。第一それがし、山崎どのに吉原の出入りを止められておる」

「まあ、いい。とぼけるのは分かっていたことだ。だがな、山崎の旦那は黙っちゃいねえぜ。これからはおまえさんの行状を夜も昼も見張れとの命だ。少しでもおかしな真似をしやがったら面番所にしょっ引けと申された。おれも吉原に半ば育てられた男よ、黙っておまえさんの尻をつけ回すのは、気持ちが悪いや。そこでご挨拶と津島道場の前に待ち受けたのよ」

「それはご丁寧に、痛み入る。親分、会所がなくなり、それがしの暮らしは退屈になってな、かようにも道場通いを続けておるのだ」

舌打ちが岩松の口から漏れた。

「おまえさんの腕はなかなかのものとみた」

「なんの、田舎侍の剣術にござれば、大したものではござらぬ」

と答えた幹次郎が反問した。

「岩松どの、そなたの親父様は半返しの異名を取られた始末屋だったそうじゃな。親父どのが始末屋を失敗られたあと、そなた、どこでどう過ごしておったな」

岩松の目がぎらりと光った。

「御用聞きに尋ねようとは、旦那もいい度胸だな」

「そこだ。御用聞きの修行をどこで積まれた」

「神守幹次郎、詮索が過ぎて糞溜めに入る野郎もいるぜ」

岩松が警告を発した。

「気をつけよう。ともあれ、吉原の裏も表も承知の御仁を山崎蔵人どのはよう探されたものよ」

「口が減らないようだな」

と吐き捨てた岩松が、

「おれも自惚れて吉原に乗り込んではみた。だが、さすがに遊里を仕切ってきた会所の力は相当なものだ。迫水源四郎の一件のように、おめえらにきりきり舞よ。だがな、いつまでも闇に潜った会所の後塵を拝するわけにはいかねえや」

岩松は正直に気持ちを吐露した。

「山崎の旦那は会所の野郎どもを面番所に引き取ると考えなされたが、仙右衛門らが面番所に尻尾を振るとも思えねえ、諦めたぜ」

「それが言づけかな。四郎兵衛様が喜ばれよう」

「もはやそうなれば吉原会所は用なしだ。四郎兵衛は山口巴屋の主、主が大門を出入りするのは致し方ねえ。だが、仙右衛門以下、吉原会所の面々、それにおめえも大門を潜ることはできねえと思え。こいつは山崎様の改めての命だ」

ふたりは東本願寺前まで歩いてきていた。

「面番所の陣容を新たにすることを山崎様は考えておられる。四郎兵衛に伝えてくれ。人を増やせば費えもかかる道理だ、妓楼、茶屋から会所に流れていた金は今後、面番所が引き継ぐとな」

「伝えよう。だが、承知なさるとも思えないな」

「生ぬるいってかえ。ついでだ、四郎兵衛らが廓外に設けた会所が今戸橋際の船宿なんざあ、とっくに承知だ。これ以上、会所の真似事を牡丹屋で続けるならば、船宿ごと引っ括るぜ」

ふたりは咎人の市中引き回し順路に従うように浅草寺門前の辻で左に曲がった。

「それがし、吉原会所に拾われた身だ。大きなことは言えぬがな、面番所と吉原会所は持ちつ持たれつでこれまでもうまくやってきた。なんとかこれからも仲良くいけぬものかな」

岩松が足を止めて、幹次郎に冷たい視線を預けた。

「おまえさんもなかなかの玉だねえ」

「山崎蔵人どのがいくら頑張られても面番所の隠密廻り同心方は吉原に骨抜きにされておられる。だが、それで吉原がうまくいくとなれば、奉行所にとっても万々歳ではないか」

「知った口を利くねえ」

「褒めておられるのか」

「重ねて言うぜ。二度と吉原会所に近づくんじゃねえ。おれの手下の眼が光っていることを忘れるな」

「覚えておこう」

「山崎の旦那を怒らせると怖いぜ。おめえのかみさんにだって、容赦はなさるまい」

幹次郎が御用聞きを睨み返した。

「姉様に近づいてみよ。岩松、そなたの素っ首は胴に付いておらぬ」

両人は通りの真ん中で火花を散らして睨み合った。

先に視線を逸らしたのは岩松だ。

「神守幹次郎、山崎の旦那をただの隠密廻り同心と考えねえこった、あとで泣きを見るのはどっちか、楽しみだぜ」

赤元結の岩松が、
すいっ
と幹次郎の傍らを離れ、浅草寺の西側の通りへと真っ直ぐに進んだ。

幹次郎はゆっくりと浅草広小路へと曲がった。歩きながら、岩松の警告が真実かどうか、監視の眼を探った。どうやら幹次郎は三、四人の手先によって囲まれているようだ。

（さてさて、糞溜めに落ちるのはどっちのほうか）

幹次郎と汀女は吉原会所に拾われて、人並みの暮らしができるようになったのだ。

汀女との暮らしを守るためにも吉原会所を排斥に追い込む町方同心の乱暴を断じて許すわけにはいかなかった。

そんなことを考えながら、幹次郎はぶらりぶらりと歩を浅草寺門前へと進めた。

刻限が刻限だ、まだ広小路に人の往来は多くなかった。

そんな通りに、汚い手拭いで頬被りをした紙屑拾いが腰に竹籠をぶら下げてやってきた。継ぎ接ぎだらけの袷に袖無しを重ね、腰を荒縄で縛り、股引も元の生地が分からないくらいに継ぎが当たっていた。

腰を屈めて竹の長箸でひょいひょいと紙を拾い集めていく。

江戸時代、紙屑拾いも、

「天道人を殺さず、捨てる神あれば、拾うかみあり」

という立派な商いだった。

よろよろとよろめくように幹次郎に近づいてきた紙屑拾いから囁き声がかかった。

「神守の旦那、なんぞ御用はございませんか」

吉原会所の若い衆梅次の声だ。

「梅次、凝った形だな」

「面番所の山崎め、おれたちの身辺にまで手を回してきたんで。そこで七代目が形を変えて、探索に当たれと命じなされましたんでねえ、番方以下、いろいろ身をやつしていますんで」

「梅次、聞け」

幹次郎は赤元結の岩松からいくつかの警告があったことを手短に告げた。

「会所が牡丹屋に移ったことも山崎は承知なんでございますね」

「知っておる。それと吉原会所の上がりを面番所が引き継ぐと申しておることも忘れるな」

ちえっ
という舌打ちが響き、

「岩松の伝言、直ぐに七代目に知らせます」

「牡丹屋にはしばらく顔は出さぬと四郎兵衛様に申し上げてくれ。会所を移すなれば、知らせてくれ」

「承知しました」

紙屑拾いに化けた梅次がよたよたと幹次郎から離れていった。

幹次郎は浅草寺の参道へと足を踏み入れた。さすがに江戸でも名高い浅草寺の境内だ、朝から参詣の客で賑わっていた。

（まず尾行をまくことだ）

幹次郎は江戸見物に来た上総の男女の一団に紛れ込むように参道を進んだ。

身丈のある幹次郎の菅笠を被った頭だけがひとつ空に浮いていた。

尾行の者には恰好の目印だ。

騒がしい一団が大香炉の周りに群がり、線香の煙を手ですくって頭や体に撫でつけ、無病息災を祈った。

幹次郎は菅笠を脱いで、真似た。

「ほれ、本堂にお参りだぞ、迷い子になるでねえぞ」

「正月も終わったちゅうになんちゅう人出かねえ」

一団が階段を上がって、薄暗い本堂に入った。

推古三十六年（六二八）、浅草川（隅田川）で檜前浜成、竹成兄弟の網にかかった御身一寸八分（約五センチ）の金の聖観世音菩薩像が護り本尊だ。

幹次郎は賽銭(さいせん)を投げると同時に人込みの中にしゃがみこんだ。その姿勢で本堂を回り込み、裏手へと抜け出た。

風に乗って奥山のざわめきが伝わってきた。

幹次郎はしばし見世物小屋の陰に身を潜めて待った。

本堂の回廊にふたりの手先が飛び出してきて、

「兄貴、こっちにはいねえぜ」

「裏をかいて参道に戻りやがったか」

と言い合うとまた本堂へ入っていった。

幹次郎はさらに四半刻ばかりその場を動かなかった。そして、随身門(ずいじんもん)の傍らに古着屋が店を出していたことを思い出し、そちらに向かった。


夕刻、左兵衛長屋裏の垣根を越えて、棒手振りが天秤棒の空籠(からかご)を重ねてぶら下げ、戻ってきた。

女たちはすでにそれぞれの長屋に引き上げ、夕餉の仕度をしていた。頬被りした棒手振りは幹次郎の変装だ。

「姉様」

木戸口辺りを見回した幹次郎が長屋の戸を押し開き、素早く身を入れた。

「幹どの、変わった形にございますな」

「面番所の尾行がついてくるでな、浅草の古着屋で購い、かような身形をした」

「幹どの、玉藻様から言づけがあります。会所は船宿から象潟町の六郷屋敷のお長屋に移ったそうにございます」

「六郷屋敷とは、出羽本荘藩下屋敷のことかな、姉様」

「いかにもそのお屋敷にございます」

吉原田圃に下屋敷を構える六郷佐渡守様の出羽本荘藩二万石は吉原から最も近い大名屋敷と言われていた。

三浦屋の高尾に惚れた仙台藩伊達公は、六郷屋敷に用ありと行列を差し向け、吉原の大門を潜る前に衣装替えをしたという。それほどに六郷屋敷と吉原は結びつきが深かった。だが、吉原会所と繋がりを持っていたとは、幹次郎も気づかなかった。

「訪ねられるとき、北門を使ってくだされと申されました」

「承知した」

「今ひとつ、浅草溜の善七どのから文が投げ込まれており、面談したしとのことです」

「姉様、この足で浅草溜を訪ねてこよう。その首尾次第では六郷屋敷に向かうことになる。姉様、戸締まり用心をしっかりとなされてな、休まれよ」

「夕餉も食さずに参られるか」

「面番所がこの長屋に目をつけておることは必定、長居は無用、用心に越したことはあるまい」

幹次郎は薄く戸を開いて外を見回すと、夕闇に紛れてふたたび左兵衛長屋を離れた。

浅草溜の門はきっちりと閉じられていた。

通用口で訪いを告げると門番が直ぐに敷地に入れてくれた。

どうやら車善七が指図していたと思えた。

幹次郎は初めて浅草溜の敷地に足を踏み入れたことになる。

幹次郎は門内でしばらく待たされた後、用人と思しき男の案内で善七の住居へと導かれた。

浅草溜は浅草田圃に二箇所、そのひとつは吉原と鉄漿溝を挟んで、隣り合わせにあった。

案内された住居の板の間の向こうから吉原のざわめきが伝わってきた。

「ようお出でなされたな」

善七は幹次郎の風体にはひと言も触れなかった。今吉原会所が陥った苦境を承知のことゆえだ。

「文をいただき、参上しました」

「面番所の御用聞き、岩松のことが少しばかり知れましたのでな、お呼びしました」

「今朝方、津島道場で待ち受けられました」

「正体を見せましたかな」

「岩松の話からも山崎蔵人が吉原会所潰しに動いて、己の手中に収めようとしていることはたしかのようです」

「隠密廻りのやることではございませぬな」

「まったくにございます」

「岩松がなぜ赤元結をしているか。奇妙に思いましてな、探らせました」

「分かりましたか」

「流人(るにん)は島人と区別するために赤布で元結の代わりをするという話を聞いたこと

がございます」

「岩松は流人でしたか」

いえ、と善七が顔を横に振った。

「いくら変わり者の隠密廻りとはいえ、島帰りを御用の手先にするわけには参りますまい。岩松は島抜けした連中を追いかける町奉行の隠密探索方にございました」

「そのような者が町方におりますので」

「曲淵様の内与力がこの隠密探索方を抱えていたそうでございます。その者たちの中でも岩松は、稼ぎが抜群だったそうでございます。島抜けした連中からも岩松は一目を置かれ、荒波を越えて江戸に舞い戻った赤元結より恐ろしいと評判の報償稼ぎだったそうな。その評判を聞いた岩松はいつの間にか、自らの髷に赤元結をして、それをひけらかすようになったということでございますよ」

「世にそのような稼業がございましたとは……」

幹次郎の歎息に善七が頷き、

「山崎蔵人がどこでどのように知ったか知りませぬが、岩松の凄腕を知って、吉原に連れ込んだのでございましょうな」

「善七様のお調べで推測がついたこともございます。曲淵景漸様の筆頭内与力の進藤唯兼様と申される方が山崎家の養子縁組に関わっておられます。となれば、当然、山崎蔵人と岩松を結びつけた人物もこの筆頭内与力どのではありますまいか」

「いかにも考えられることです」

「会所としては山崎蔵人の背後にだれが控えておるのか、これを探り出すことに全力を上げております」

幹次郎は会所が六郷屋敷に移されたことを善七に告げた。

「四郎兵衛様もご苦労なさいますな」

「これからは吉原の大門を潜るのも苦労なことです」

その言葉に善七が考え込んだ。

「致し方なきことで、戦いの決着がつくまで棒手振りの真似事を致します」

という幹次郎に、

「神守様、汚れることを厭わぬと申されるなれば、善七に考えがございます」

「戦に勝つためなればなんでも致します」

善七が、

「赤元結の向こうを張って黒元結をなさいませぬか」

とにっこりと笑いかけた。

二

六郷屋敷は出羽本荘藩の下屋敷で、上屋敷は下谷の広徳寺北にあった。むろん藩主六郷佐渡守政速は上屋敷に住んでいた。

四代将軍家綱の時代、延宝五年（一六七七）に七千七百余坪の敷地が下しおかれ、下屋敷が建てられていた。

元吉原から浅草裏に新吉原が移ってきたのは明暦三年（一六五七）の大火のあとのことだ。

六郷氏が屋敷を建てたときにはすでに新吉原が開業して二十年が経過していたことになる。まだまだ新吉原は鄙びた田圃の真ん中にあって、吉原通いの客の中には六郷屋敷を庄屋の屋敷と間違える者もいた。

「庄屋様かと思ったら二万石」

川柳に大名屋敷は揶揄された。

だが、六郷屋敷が建てられてから百十年が過ぎ、浅草田圃の光景にしっくりと六郷家の下屋敷が馴染んでいた。この界隈を象潟町と呼ぶのは、本荘領内の景勝地象潟からとってのことだ。

幹次郎は六郷屋敷北門の前に立ち、頬被りを脱いだ。

(棒手振りの恰好で大名家の下屋敷に入れるかどうか)

幹次郎が心配したとき、通用口が音もなく開かれた。

吉原会所の光助が顔を覗かせ、

「神守様、どうぞ」

と声をかけ、

「ご苦労にございます」

と敷地の中へ招じ入れた。

「かような恰好で心配致した」

「お互い苦労します」

と答える光助は六郷屋敷の中間の法被を着ていた。

「灯りが点ったお長屋が仮の会所にございます」

と手で指した。

六郷家の屋敷や離れは、敷地の南東部に固まっており、北門近くには庭師たちが作業する際に使われるお長屋と納屋しか建っていなかった。

幹次郎は天秤棒に空籠をぶら下げて、お長屋の戸を叩いた。

格子窓から覗く気配があって戸が引き開けられた。すると土間の向こうに囲炉裏が見えて、四郎兵衛、仙右衛門、長吉ら会所の主立った面々がいて、茶碗酒を呑んでいた。戸を開いたのは梅次だ。

「おおっ、ようこそ参られましたな。まさか六郷屋敷に吉原会所を間借りしようとは考えもしませんでしたよ」

風流にも苦境を楽しんでいる風の四郎兵衛が幹次郎に笑いかけた。

「隠居なされた六郷政林様は、下屋敷におられて清搔の弾き手の上手下手を聴き分ける通人でございましてな、私どもとも親しきお付き合いをお許しくださる殿様にございますよ」

六郷家六代目の政林はおととしの天明五年（一七八五）に隠居をして、下屋敷に吉原のざわめきを楽しみながら暮らす殿様だという。

「北風に　清掻を　聞く二万石、と川柳に詠まれたご隠居が私どもの苦境を救ってくだされたんでございますよ」

幹次郎は土間にふたつに重ねた空籠の間から衣類に包んだ大小を引き出して、天秤棒と空籠を土間の隅に置き、囲炉裏端へと上がった。

「左兵衛長屋に戻るのに手間取られましたか」

四郎兵衛は長屋に岩松の手先が見張りについていることを心配して訊いた。

「それもございますが、こちらに参る前に善七どのの溜に寄ってきました」

「ほう、浅草溜にな」

「善七どのが岩松の身許を洗い出してくれました」

一座の注意が改めて幹次郎に集まった。

「長吉、神守様に茶碗を差し上げよ」

「これは迂闊(うかつ)でした」

長吉が茶碗を幹次郎に渡し、大徳利(おおどっくり)の酒を注いだ。

その日一日、外歩きをしていた幹次郎の鼻腔(びこう)に下り酒のいい匂いがした。

「象潟町の六郷屋敷の囲炉裏端で呑む茶碗酒も風雅(ふうが)ですよ。菜に鰯の頭があればいうこともない」

四郎兵衛が苦笑いした。

そろそろ節分のために柊の枝に鰯の頭を刺して、妓楼や茶屋の門口に飾る季節だった。

「いただきます」

幹次郎は渇いた喉に伏見の上酒を流し込んだ。喉を湿らせた幹次郎は車善七から聞いた岩松の前身を報告した。

「なんと曲淵様の筆頭内与力どのは島抜け探索の報償稼ぎを抱えていましたか。そんな噂は常々聞いていたのですが、赤元結にそんな謂れがあったとはな」

と四郎兵衛が歎息した。

「七代目、筆頭内与力進藤唯兼様、ただの古狸かと思うたらとんだ食わせ者でしたな」

「なにしろ主の曲淵様が北町の大狸だ。凡庸とみなされておるがそれは外見、甘くみると大火傷を負うところであった」

「四郎兵衛様、山崎蔵人の後ろ盾、なんぞ分かりましたか」

「分かりました」

四郎兵衛が答えると、

「番方」

と説明を命じた。

「神守様、もはや答えはお分かりでしょうが、鍬方参右衛門様が配下の山崎蔵人を奉行所に呼びつけ、吉原会所と奉行所の間には長年培った仕来たりや決まりごとがある、一同心の分際で専横に過ぎると小言を申された一件から申し上げます」

「鍬方様の叱責、効きませんでしたか」

仙右衛門が頷いた。

「山崎は上役の叱責をせせら笑いで聞き流し、鍬方様、それがしの行動、お奉行が直に命じられたもの、捨て置いてくだされと吐き捨てると席を立ったそうにございます。鍬方様は即座に筆頭内与力進藤様に奉行との面談を申し込まれた。ところが狸めが、この一件、奉行自らのご指示ゆえ、放っておけと言われたそうな」

「ここでも進藤様が顔を出されますか」

さようと四郎兵衛が受けた。

「そこで奉行の曲淵様の周辺を総浚いに洗うことに致しました。町奉行職は老中支配ゆえしかるべき幕閣の方々に当たりましてございます」

吉原の顔役は御城の奥にまで人脈を広げていた。

「曲淵様、北町奉行の辞任のあと、ゆくゆくは寺社奉行を狙っておいでとか」

「とは申せ、お寺社は大名格式でございますな」

幕府の花形の三奉行職は、寺社奉行、町奉行、勘定奉行であった。

このうち、江戸の行政司法を担当する江戸町奉行と幕府の財政を担当する勘定奉行は旗本から、日本全国の寺社等を取り締まる寺社奉行は大名の格式がある者から就任することになっていた。

「曲淵様の禄高は千六百五十石、大名と呼ばれるには八千石以上も足りませぬ。曲淵様はこの数年、幕閣要人に金子を使い、必死の加増を願われて、ゆくゆくは大名に列されることを望んでおられるとか」

四郎兵衛の話は幹次郎には夢想もできない御城奥の話になった。

「神守様、話が回りくどうございますな。ならば、曲淵様がこのところ頼りになされて頻りに面会なされる人物が御三卿一橋治済様と言えば、お分かりになられますな」

「こたびもまた後ろに控えられるのは一橋治済様にございましたか」

吉原を長年支えてきたのは田沼意次であった。だが、この田沼が凋落を迎え、吉原は田沼に代わる人物選びに入っていた。

そんな折り、反田沼の急先鋒と目された一橋治済が吉原に触手を伸ばしてきた。吉原で新興勢力の見番を立ち上げた大黒屋正六を動かして、田沼意次が握っていた廓内の利権を一手に握ろうとしたばかりか、総名主三浦屋四郎左衛門や吉原会所の七代目四郎兵衛らの首を挿げ替えようとした。

一橋治済卿には御三家が後ろ盾についていた。

これは偏に田沼意次への反感からだ。また新将軍家斉の就任に絡んでの暗闘でもあった。

四郎兵衛は家斉の後見に就いた松平定信に田沼意次の後釜として狙いをつけた。八代将軍吉宗の血を引いた定信は英邁の人物として知られ、父親は歌人にして国学者の田安宗武であった。

四郎兵衛はこの田安と定信親子を味方につけ、一橋卿の後ろ盾になっていた御三家の内、紀州家を切り崩して、なんとか一橋卿の野心を阻止していた。

「どうやら隠密廻り同心の専横の背後には曲淵様、さらには一橋治済卿が控えておられる様子にございます」

「ふたたび暗闘の日々が戻って参りましたか」

「神守様、吉原は松平定信様の庇護(ひご)を求めております。ですが、幕閣(ばっかく)を定信様が掌握(しょうあく)なされるまで今しばらく時を要しましょう。このときとばかりに一橋様が送り込まれた者が山崎蔵人にございますよ」

「先手を取られましたな」

「巻き返しを図らねばなりませぬ」

吉原会所は廓内から外へと追放されていた。

「四郎兵衛様、山崎蔵人を斬れと申されますか」

「蜥蜴(とかげ)の尻尾を斬ったところで新たな尻尾が出てきますよ。あの隠密廻り同心どのにはもうしばらく吉原で空騒(からさわ)ぎを続けてもらいましょうかな。まずは曲淵様に狙いを定めまする」

と四郎兵衛が宣告した。

幹次郎の空の茶碗に酒が注ぎ足された。

「よい話はないもので」

幹次郎は思わず漏らしていた。

「よき話な」

と四郎兵衛が応じ、しばし考えたあと、

「ございますぞ」

と言った。

「節分の日に松風楼の八重垣が落籍されて里の外に出ます」

「ほう、それは喜ばしいことにございますが、八重垣さんを落籍なされたのはどちらの旦那にございますか」

「駒込村のそれなりの地主の家系の倅籐八郎と申す者が八重垣を見初めたのですよ」

「馴染の客なので」

「それが昨年の暮れ、吉原に仲間と遊びに来て、八重垣の弾く清掻に惚れ込んだのが始まりでね。このところ三日にあげず松風楼に通い、馴染になったそうなんで」

「それはよかった」

「松風楼の遣手が最初に名指しで登楼するときに注意したそうです。気立てはいいが、器量は決してよくありませんよとね。そしたら、籐八郎の返事がいいや。おれは八重垣の弾く清掻に惚れた、あの心根に打たれた。器量なんてのは大したこっちゃねえと答えたそうだ」

「よい相手に恵まれましたな」

「吉原に入って十四年、不器量ゆえに客も満足に取れない。若い女郎たちには次から次に追い抜かれていく、松風楼だからこそ今まで置いてくれたのです。よう我慢しました」

四郎兵衛は八重垣が清掻の名手になったのは美形に恵まれなかったゆえだったと言った。

「吉原は奇妙なところでしてねえ、お職を張る、太夫の位に昇る売れっ子は何ひとつ傷がない美形では駄目です。どこかに欠点があるくらいがいい。幸せになって里を出ていくのも器量よしよりも人柄、愛嬌だ、この辺が男心の綾でしょうかな」

「四郎兵衛様、八重垣さんにはこれまで惚れた客はいなかったのでございますか」

「さてそこまではこの四郎兵衛も知りませぬ。この一、二年、八重垣の清掻の師匠の和泉弥九朗平が後継にくれと頻りに妓楼の主に勧めていたそうです」

「清掻にも師匠がおられるので」

「むろんおります。榎本（えのもと）稲荷近くの蜘蛛道に住む和泉弥の師匠は元々清元常磐津（きよもとときわず）のお師匠ですが、清搔を弾かせたら名手といわれた男です。この和泉弥の腕が近年落ちてきた。そこで和泉弥は八重垣を養女にもらい受けて、後継にしたいと掛け合っていたようです」

「芸は身を助くを絵に描いたような話だ」

四郎兵衛が頷き、仙右衛門が口を挟んだ。

「それがちょいと話が違うんで」

「番方、どういうことだ」

四郎兵衛が問いかけた。

「へえっ、和泉弥は内心では八重垣の腕に嫉妬してましてねえ、当代一の清搔の名手の地位を奪われたのを気にしていたようなんで」

「ならばなぜ養女にして後継なんぞにと声をかけたんだ」

「それが後継よりは女房にして、夫婦で清搔の名人を名乗ろうという魂胆と聞きましたぜ」

「和泉弥はいくつだったえ」

「へえっ、還暦を二年前に過ぎたはずです」

「驚いたねえ」

「その下心を八重垣が察して、うんとは言わなかったそうで」

「そんなことがあったのか」

四郎兵衛が嫌な顔をした。

「八重垣が後継を断わったというので、和泉弥はなにかと意地悪をしていたようですが、八重垣は師匠を立てて、素知らぬ顔で付き合っていたようです。この一年、八重垣の弾く清搔に凄みが出たのはそんなせいですよ」

「驚きました」

「七代目、こたびの話が来て、一番ほっとしているのは八重垣かもしれませんぜ。師匠の意地悪にも懸想にも縁のねえ廓外に出られるんですからね」

「なんにしてもよかったな、番方」

と四郎兵衛が仙右衛門に応じて、幹次郎に視線を回した。

「神守様、そんなわけだ。節分の宵を最後にもはや八重垣の清搔は吉原では聴けなくなります。一緒に聴きに参りませぬか」

四郎兵衛が幹次郎に言った。

「四郎兵衛様は大門を潜ることはできましょうが、われらは面番所で止められております。おおっぴらには行けませぬ」

「神守様、月が変われば、南町の月番です。山崎蔵人はどう足掻いたところで奉行所に戻ることになります」

と四郎兵衛が意地を貫くという気構えで言った。

「七代目、節分の宵の清掻は和泉弥九朗平と八重垣が弦を合わせるそうですぜ」

「なんとのう」

「和泉弥がなんとしても最後の三味を師匠と弟子でふたり弾きしたいと申し出たそうです。これには八重垣も断われませんや。最後の師匠孝行とふたり清掻の宵になりましたんで」

「神守様、新旧の名人達人が顔を合わせるのです、楽しみが増えましたな」

四郎兵衛が幹次郎に笑いかけた。

そのとき、戸が開かれてふたりの若い衆が入ってきた。ひとりは北門の見張りに立っていた光助で、もうひとりは若手の参五郎だ。

「七代目、番方、面番所に新手が増えた」

そう参五郎が報告し、仙右衛門が訊いた。

「どういうことだ」

「山崎蔵人が剣術の腕が立ちそうな浪人を集めたんで」

「人数はどれほどか」

「十四、五人が二交替で詰めて、廓内の巡視をするということにございますよ。頭分は東軍流の遣い手、島貫勘兵衛という剣客だ。明日からはいよいよ大門の出入りが厳しくなりますぜ」

「会所の者で廓内に残っておる者はいまいな」

仙右衛門が念を押した。

「それがまずいことがありますんで」

「どうした」

「虎の奴と仁王の野郎が家に戻ってますんで」

「虎太郎の親父は病気だったな」

四郎兵衛が訊いた。

「へえっ、そいつを案じた虎に仁王の竜公が護衛にくっついていったんで」

虎太郎は廓内の揚屋町裏にある仕出し屋の倅だ。このところ父親の茂兵衛が中気で倒れたのを気にしていたという。

仁王とは会所の若い衆の中で一番巨漢の竜吉のことだ。

「参五郎、あいつらはいつ里の外に出ると言い置いていったんだ」

「明け六つ（午前六時）前には大門を抜けると言い置いていきました」

「糞っ」

と仙右衛門が言い、

「なにもなければいいが」

とふたりの身を案じた。

「番方、それがしが参ろう」

「神守様のお顔は面番所に割れています」

「ちと思案がある。ふたりはたしかに外に出すによってあとを頼む」

仙右衛門が四郎兵衛と顔を見合わせ、

「ならばお願い申しましょうか」

と頷き合った。

三

吉原の朝はどこか気だるい。

妓楼も茶屋も表戸を閉じて、森閑としていた。だが、仲之町には裏路地から釣瓶の音が響き、竈の火の煙が立ち昇るのも見えた。

陰暦一月の終わり、明け六つ前ではまだ薄暗い。

そんな通りを掃き清める一団がいた。

黒元結の男たちは、吉原と鉄漿溝を挟んで接してある浅草溜の非人たちだ。車善七の支配下の者たちだ。

これは吉原が始まったときからの習わしだ。さらに肥取り人足が汚わいの入った荷駄を担いで大門を出入りしていた。

そんな中、後朝の別れをする客と遊女の姿があちこちに見られた。

中には仲之町の茶屋で別れの酒を酌み交わし、朝粥を食べ合って別れる客と遊女もいた。

客の足を止めようと禿が袖を引き、名残り惜しそうに客が遊女を見返す風景も見られた。

むろん切見世に上がった八つぁん、熊さんに優雅な別れなどあるわけもない。まとわりつく朝の寒さに首を竦めて足早に大門を出る者が大半だ。

そんな男女の愛憎の別れと日常の暮らしが交差するのが吉原の朝だ。

だが、掃除や肥取りの者たちは遊里に存在しないものとされて扱われていた。

その朝、大門傍の面番所だけが殺気立っていた。

いつもなら眠りに就いているはずの面番所の前に赤元結の岩松が立ち、町方役人とも思えぬ風情の面々が門を出る客の顔を調べていた。

「なんでえ、ここは吉原だぜ。野暮なことをするねえ」

大工の棟梁が文句をつけた。連れも、

「大門の出入りの見張りは会所の仕事だ、なんの真似だ」

と文句をつけた。

赤元結の岩松の十手がうむも言わさず翻って、棟梁の額を殴りつけた。

あいたあっ

棟梁の額が割れて血がだらだらと顔を流れた。

「野郎！」

「御用に口を挟むんじゃねえ！　牢屋敷がお好みならば、しょっ引くぞ」

意気込む棟梁を岩松が一喝した。

仲間が慌てて、棟梁を大門の外に連れ出した。

仲之町の通りを吉原会所の長半纏を裏返しに着た虎太郎と竜吉が大門に向かい

足早に駆け抜けようとした。

「待ちな！」

岩松が顎をしゃくり、手先たちがふたりの前に立ち塞がった。

「その面は会所の野郎だな」

「親分、羅生門河岸の女郎のところに泊まった職人だ。朝の仕事が待ってらあ。通してくんな」

仁王の竜吉が強引に手先たちを掻き分けようとした。

「長半纏を裏に返していても会所の野郎どもの臭いがするのはこの赤元結の岩松様にはお見通しだ」

「ちえっ、正体を知られちゃ仕方がねえや。虎、押し通るぜ」

と竜吉が身構えたとき、浪人が気配もなく竜吉と虎太郎の背後から迫った。

腰が沈み、剣が抜かれた。

殺気に満ちた様子は本気で斬る気だ。

そのとき、その傍を汚わいの荷駄を担いだ人足がよろよろと通りかかり、剣を抜いた浪人の足許に汚わいの入った荷駄を転がした。

浪人の足が桶にぶつかり、汚わいが面番所の前に振り撒かれた。

勢い余った浪人が汚わいのこぼれた地面に転がった。

「なにをしやがる！」

岩松が叫んだ。

汚れた手拭いで頬被りをした人足が立ち竦んだ竜吉と虎太郎に囁いた。

「虎、竜、門外へ走れ」

ふたりが汚わい屋を顧みて、走り出した。

そいつを追う浪人仲間に向かって汚わい屋のもうひとつの桶が投げられ、

「おのれ、こやつ、愚弄するか」

と向かってきた浪人たちに汚わい屋の天秤棒が振られて、肩口を叩き、足を払って、汚わいの地面に転がした。

鮮やかな手並みに面番所の面々が立ち竦んだ。

その一瞬、汚わい屋の人足、神守幹次郎も大門から五十間道へと朝もやを衝いて駆け抜けていった。


正月が明け、梅見にかこつけて吉原に通う客が増えた。大黒舞は二月の初めまで門付けに回ってきて、どこか正月気分も残っていた。

吉原の面番所も北町から南町の月番へと変わるはずだった。だが、異例なことが起こった。南北の奉行が話し合い、二月も北町が吉原の面番所警固を続けることになったのだ。

その知らせは六郷屋敷で待機する四郎兵衛に知らされた。

「妙な話だな、理由はなんだ、番方」

さすがに四郎兵衛の顔は険しかった。

「へえっ、曲淵様が南町の山村様に、自らの辞職が来月に決まったゆえ、最後の月番内に巡察をさせてくれと頼まれたとか」

「曲淵様に町奉行辞職の沙汰が下ったか」

「内々に命があったという話なので。先任奉行の曲淵様に頼まれれば、山村様もいやとは言えず、二月も北町が月番です。その代わり、南町が吉原月番を三月、四月と続けることで話が決まったそうなんで」

「一橋治済卿はこの月でわれらとの争いに決着をつける気だな」

四郎兵衛が顔を朱に染め、

「ならばお手並みを拝見致そうかえ」

と呟いた。

節分の日の夕暮れ前、六郷屋敷のご隠居六郷政林が吉原の大門を潜った。

門には柊と鰯の頭が飾られて、どことなくふだんとは違う雰囲気を醸し出していた。

二万石の小名(しょうみょう)とはいえ、二年前までは下谷の上屋敷から登城(とじょう)の行列を繰り出していた殿様だ。

面番所の同心たちも元殿様の訪問には気を遣った。

その騒ぎの中、ふたり組の大黒舞の門付け芸人が大門を潜った。面をつけ、三味線を手に提げ、太鼓を手にした門付け芸人は節分の日を最後に吉原から姿を消すのだ。

最後の日とあって顔にも化粧が施(ほどこ)されていた。

面番所の前に来ると太鼓をぽーんと打った。

「通れ」

赤元結の岩松の手先が大黒舞を通した。

大黒舞は仲之町の通りを進むと江戸町一丁目へと曲がった。

一方、六郷下屋敷の当主政林は仲之町の七軒茶屋、山口巴屋の二階座敷に上がり、宴を設けた。

接待するのは衣装を改めた四郎兵衛と玉藻の親子だ。

「殿様、まずはおひとつ」

玉藻に酌をされた政林が、

「久しぶりの吉原に大門の潜り方も忘れたわ」

と磊落に笑い、盃に酒を受けた。

二階の障子は開け放たれてはいた。が、鬼簾が下がり仲之町をそぞろ歩く人からは二階の客がだれかまで見分けられなかった。

ゆるゆると薄暮に落ちて、軒提灯に灯りが入った。すると大門を潜ろうとする男たちでさらに仲之町が混雑した。

この大勢の客たちを慣れない様子で面番所の手先たちが面通しをして、

「大門は通行御免のはずだぜ、早くしねえか」

「黙れ、お上の御用である！」

剣突にも威張る浪人や手先たちと押し問答になり、小競り合いになった。

そんな騒ぎをよそに松風楼の張見世の中から爪弾きが響いて仲之町の通りを流れた。するど大勢の客に込み合う五丁町が、

しいーん

と水を打ったように静まった。

当代一の清搔の名手八重垣が爪弾く名残りの調べだ。

心が洗われるような清搔だった。

一音一音に魂（たましい）が込められていた。

それが聴く人の胸を打った。

六郷政林も盃の手を止めて、しばし耳を傾けた。

余命を悟った秋の虫が鳴く声のように調べが江戸町から揚屋町、角町、京町へとしみじみと伝い流れていった。

だが、この調べは遊びのために大門を潜った男の心を冷ます音ではなかった。これからの遊女との出会いや駆け引きをさらに高揚させ、期待させるような爪弾きだった。

神守幹次郎は山口巴屋の階下の部屋でその調べに聴き入っていた。傍らには玉藻に呼ばれた汀女が控えていた。

幹次郎は大黒舞の姿のままだ。

ふたりは薄暗い部屋に伝わる清搔に期（き）せずして流浪の日々を重ねていた。

地吹雪が舞う北国の海辺に妻仇討の追っ手を避けて逃げ回る日々だった。

そんな緊迫の日々にも一時の静謐があった。

そんな平安の間に幹次郎と汀女は肌を重ねて、寒さから身を守り、不安を忘れた。

八重垣の弾く清掻はそんな過去を想い起こさせた。だが、ふたりともその追憶が嫌ではなかった。あの日々があったればこそ、今のささやかな暮らしがあるのだ。

「たとえようもない調べでございますな」

汀女が呟く。

幹次郎の脳裏には言葉が散らばっていた。散らばった言葉を八重垣の調べが寄せ集めてくれた。

柊と　鰯の門に　舞妙音

幹次郎は八重垣の幸せを胸の中で祈っていた。

仙右衛門が夫婦の座す部屋に入ってきて、座った。

「よう大門を潜ってこられたな」

幹次郎が吉原会所の長半纏を着た仙右衛門に言いかけた。

「節季ということもございましょうが八重垣の最後の清掻を聴きたい客が続々と大門に押しかけて、面番所の面通しなんてできっこありませんや」

と苦笑いした。

「それにわっしら、六郷の殿様の供にござんしてね」

と答える仙右衛門が格子越しに指差した。

仲之町の通りの角にひと際頑丈そうな体つきの若者が、
じいっ
と調べに耳を傾けていた。

「あれが八重垣を身請けする籐八郎ですよ」

「ほう、あの若者がな」

地主の若旦那というよりも職人のような、実直そうな風采が見えた。

八重垣は不器量ゆえに客はそれほど付かなかった。この不器量ゆえに身売りの金子も二十七両と高くなかったという。これは吉原で見栄も張らずに芸道に精進した八重垣だからこそ得た幸運といえた。

籐八郎は身請けの金子を親から借り受けたそうな。これから夫婦はその金を自分たちの働きで返していくとか。

「八重垣の清掻に惚れたというが、調べに込められた八重垣の人柄をだれよりも聴き分けた男ですぜ。いい夫婦になりましょう」

仙右衛門がしみじみ言った。

幹次郎も汀女も籐八郎の陽に焼けた、朴訥そうな顔を見ていた。その様子には自分たちの幸せを祈るような想いが漂っていた。

「仙右衛門様、あの男なれば、八重垣様を間違いなく幸せなおかみさんにしてくれましょう」

汀女も言葉を添えた。

「汀女先生、遊里には上は薄墨太夫から下は羅生門河岸の女郎まで何百何千の女がおりますが、落籍されて大門を出ていく女は、ほんのひと握りだ。そんな女たちだって、夫婦になれるわけじゃねえ。側室とか妾とか呼ばれる身分だ。贅沢のし放題の暮らしは待っていましょうよ。だが、あのふたりほどの幸せが得られるかどうか。八重垣と籐八郎は間違いのねえ夫婦、姉さん被りして働く八重垣の姿が目に浮かびますぜ」

仙右衛門が言ったとき、もう一丁の三弦が加わった。

八重垣の師匠の和泉弥九朗平の清掻だ。

新旧ふたりの名人の弾く調べには際立つ違いがあった。

和泉弥の清掻はたしかに上手だった。だが、まず老いた名人は気負い過ぎていた。どこか弟子の音を凌駕して、聴き手の耳を自分の音に引きつけようという魂胆が垣間見えた。

八重垣の音はそのことを直ぐに察して、

「受け」

に回った。だが、和泉弥の音はぐいぐいとまるで女を陵辱でもするように迫ってきた。

「ちょいと見てめえります」

仙右衛門がその場を立った。

「私も参ろう」

幹次郎も従った。ふたりの男が期せずして気取ったのは老いた師匠の音に込められた反感、憎悪の念だ。

それが仙右衛門と幹次郎を不安に陥れたのだ。

ふたりは江戸町二丁目に出ると面番所を避けて、角町から東河岸、俗に言う羅生門河岸に抜けた。明石稲荷の方角から伏見町の松風楼に大きく廻り込もうと考えたのだ。

さすがに羅生門河岸には清掻に耳を傾ける風流人も女郎もいなかった。

「兄さん、遊んでおいきよ」

三尺（約九十センチ）間口の切見世の奥から皺や染みを隠すために白く塗られた手がふたりに延びてきた。

「会所の仙右衛門だぜ、おかめ」

「なんだい、番方かえ。大黒舞なんぞを連れてどうしたえ」

「大黒舞の旦那は神守様だよ」

「ほんに、裏同心の旦那だ」

ふたりは暗がりを進むと明石稲荷の角を曲がって伏見町を大門へと進んだ。

半籬の松風楼の裏口からふたりは楼へと入った。すると遣手のお光が、

「おや、番方」

と迎えた。

「お光さん、張見世の後ろに上がらせてくれまいか」

お光が訝しい顔をしたが、吉原会所の番方の頼みだ、黙って頷いた。

ふたりは八重垣と和泉弥が掛け合う二丁の三味線の後ろの暗がりに回り込んだ。

師匠と弟子の弾く清掻が波のうねりのような高鳴りを見せて、ふたたび哀調の調べへと沈んでいった。

和泉弥の音には八重垣を引き止めようという未練が込められていた。それを八重垣の三味は素知らぬ風情で受け流していた。

緩(ゆる)やかな調子に戻り、秋の虫の鳴き声が夜半の冷たさに掻き消えるように消えた。

張見世裏の暗がりにも溜息とも吐息ともつかぬ歎声が伝わってきた。それは八重垣の新たな旅立ちを祈る男たちの口から思わず漏れたものだった。

八重垣の声がした。

「師匠、長々と世話になりました。今宵の清掻を最後にもはや三味を手にすることはございません」

和泉弥の返答はなかった。

張見世に遊女たちが入り、ふたりの弾き手が外に出た。

仙右衛門と幹次郎が潜む暗がりに三味線を抱えたふたりの影が立った。

「八重垣、師匠の言うことが聞けねえか」

「師匠、有難いお言葉ですが、もはや八重垣は清掻を弾くことはございません」

「名人はふたりはいらねえ。おめえが清掻を弾くのをやめたいのなら、止めまい。おれの女房になって暮らそうじゃねえか」

「私には決めた道がございます」

「女郎が遊里の外で暮らせるものか」

「八重垣も清掻も捨てました。明日からは籐八郎の女房おまんにございます、師匠」

「おのれ、遊里の外には出さぬ！」

和泉弥が叫びざまに手にしていた三味線で八重垣に殴りかかろうとした。そのとき、静かな声が和泉弥の行動を諫めた。

「師匠、未練だぜ。万にひとつの運を摑んだ弟子を温かく送り出すのが師匠の務めというもんじゃねえかえ」

「だれだ、内輪の話を聞くやつは」

「会所の仙右衛門だ」

「会所はもはやないはずだ」

「師匠、勘違いするんじゃねえや。会所は吉原がある限り、吉原の灯(ひ)を守り続けるのさ」

「糞っ！」

和泉弥九朗平はどこに隠し持っていたか、柳葉(やなぎば)包丁を翳(かざ)すと八重垣に突きかかろうとした。

幹次郎の手にしていた太鼓が飛んだ。

太鼓が額に当たり、立ち竦む間に仙右衛門が、

「八重垣さん、こっちに来ねえ。お待ちの方がおられるぜ」

と諍いの場から連れ出した。

「待て、八重垣」

それでも八重垣に追い縋(すが)ろうとする和泉弥の前に幹次郎が立ち塞がった。

「和泉弥九朗平、老醜(ろうしゅう)を晒(さら)すでない」

「おのれ、邪魔立てしたな！」

包丁が幹次郎に向かって突き出され、切っ先を躱(かわ)した幹次郎が手首を捻って、刃物を床に落とした。

「目を覚ませ」

幹次郎の平手が和泉弥の頬を打った。すると清掻の名人と呼ばれた老人が、

「わああっ」

と泣き出し、その場にへたり込んだ。

四

立て兵庫に銀簪を何本も飾った遊女の姿から、市井の女へと衣装替えをしたおまんが山口巴屋の二階座敷に案内されてきた。

「四郎兵衛様、お招きにより参上致しました」

控え座敷からおまんが挨拶した。

「お出でなさいましたか」

と玉藻が出迎え、

「八重垣さん、いやさ、おまんさん、長いことご苦労様でしたな」

四郎兵衛が声を揃えた。

おまんに座敷の主が見え、まさかそのようなことがと身構えた。

「六郷のご隠居がおまえさんに会いたいとおっしゃるのでこの場に呼びました」

おまんは慌てて控え座敷に平伏して、六郷政林に頭を下げた。

「おまん、そなたの清掻が今宵最後と思うと名残り惜しいのう」

「殿様」

顔を思わず上げたおまんは、六郷の殿様が吉原で弾かれる清掻の調べを知っているのにびっくりした。

「おまん、北風が吹くと吉原のざわめきが屋敷まで伝わってくるのじゃ。隠居して下屋敷に移り、そなたの弾く三弦を近くに聴きながら呑む酒は、格別に美味かったぞ。それも明日から聴かれぬと思うと寂しゅうなる」

「恐れ入りましてございます」

「おまん、近う寄れ」

座敷に招じ上げられたおまんに、六郷の隠居が手ずからに盃を与え、玉藻が酌をした。

「吉原に来たのはいつのことか」

「十四歳の秋にございました」

「さぞ苦労もしたであろうな」

「殿様、私の在所は会津（あいづ）の山奥にございました。日照りの折りは三度三度の食べ物に事欠く暮らしにございました。それに比べれば吉原の暮らしは極楽でございましたよ」

「ほう、そなたの在所は松平様のご領地か」

頷いたおまんがさらに答えた。

「遊里にて直ぐに好きなものが見つかりました、三味線にございます。殿様、なんの辛(つら)いことがござりましょう」

「好きこそものの上手なれと申すが、おまんは三味線が好きであったか」

「三弦の糸がどうしてあのような調べを紡(つむ)ぎ出すのか、最初、師匠の弾く調べが不思議で不思議でたまりませんでした」

「十四、五歳で清搔の三味の面白さが分かったとは、おまん、そなた、ちと変わり者じゃのう」

　と笑った政林は、

「じゃが、遊里では三味線を弾くばかりでは暮らしが立つまい」

「はい、女郎にございますれば、客と床入りするのが務めにございます。正直申しまして、心の通わぬ男衆と床に入るのは辛いこともございましたが、それも慣れにございます」

「そなたが、雪の舞う夕暮れに弾く清掻は絶品であった。そなたの話を聞いて、雪深い会津の里の暮らしに重ねて弾いておったかとようよう納得したわ」

「殿様がまさか女郎風情の弾く爪弾きをお聴きとは夢にも考えませんでした」

おまんはしばし迷う様子を見せたあと、

「四郎兵衛様、山口巴屋の座敷に三味線を取り寄せてよろしゅうございますか」

と許しを乞うた。

「弾いてくれるか、おまん」

四郎兵衛は直ぐに松風楼へと男衆を走らせた。

「師匠と合弾きした清掻が八重垣の弾き納めと思うておりました。ですが、殿様に思いがけないお言葉をかけられ、感興（かんきょう）を催（もよお）しました。座敷遊びの徒然にお聴きください。これは八重垣が六郷の殿様のために弾く清掻にございます」

おまんは和泉弥と弾いた清掻に内心不満を抱いていた。

あれが最後の清掻かと思うと悲しかったのだ。

師匠の調べには雑念が、邪念（じゃねん）があった。

おまんが運ばれてきた愛用の三味を構えた。

「殿様、吉原の女衆はどのようにちやほやされようと所詮（しょせん）籠の鳥、廓の外には飛んではいけませぬ。ですが、この塀で囲まれた遊里にも季節の移ろいはやって参ります。寒さに凍える冬もあれば、暑さにおののく夏もございます。そんな季節の移ろいをおまんが三弦に置き換えてみました。六郷の殿様、初めて弾くおまんが創った清掻『四季の移ろい』にございます」

「そなた、自ら清掻の調べを創始しておったか」

頷いたおまんの顔がきりりと締まった。

手が動いた。

音がひとつ、悲しくも美しく響いた。

雪が舞い散ったような響きだ。

政林も、四郎兵衛も、玉藻も目を瞑った。

冬の夜、雪が舞う吉原の光景が浮かんだ。

仲之町の地面に届く前に風でふわり横へと流れた。だが、結局は吉原の泥に塗れて落ちて消えた。

悠然と鷺が舞うように次から次へと雪が夜空を埋めた。

雪の変幻が激しさを増し、仲之町に降り積もる。

玉藻の脳裏には師走の忙しさに舞う、遊里の雪模様が見えた。

おまんの弾く三弦が、
ふわっ
とやんだ。

次の瞬間、五丁町を花が埋め、その下を行く花魁道中が再現された。

花吹雪が舞い、黄金色の雨が降る中を長柄傘がくるくると舞った。

花魁の姿が華やかにも映じた。

さらに夏の暑さにうだる里の夏が表現され、そんな息苦しい季節も夕風が吹けば、遊女三千人の遊里をほっと蘇らせた。

夕涼みに蛍が飛び、線香花火のぱちぱちという音が加わったと四郎兵衛は思った。

名妓玉菊を追悼する燈籠が仲之町の茶屋の軒先に吊るされ、淡い灯りが見物の男衆の上気した顔を照らす。

さらに吉原の四角い空の上に中秋の名月が皓々と輝くと冬は直ぐそこだ。

ふたたび、静かに雪が舞い始めた。

おまんの清掻『四季の移ろい』は、変幻自在に吉原百景を紡ぎ出し、その場に耳を傾ける人々に深い感慨を与えて、終わった。

六郷政林の一行は引け四つ前に大門を出て、浅草田圃の屋敷へと戻っていった。

おまんと玉藻と四郎兵衛は、大門の門前で行列を見送った。

政林は明日には吉原を去るおまんに祝いの金子と自ら筆を取った舞扇(まいおうぎ)を贈って、明日からの新しい門出(かどで)を祝った。扇には、

名人おまんへ
一つ清掻を捨てるべからず
二人相和し末長く
三弦が取り持ちし夫婦也
四季の喜び哀しみを
五感に乗せて弾け謡(うた)え
六郷政林

とあった。

「おまん、好きなものを無理に捨てることもあるまい。亭主が許すなれば、屋敷に来て、ときにそなたの三味を聴かせてくれ」

と何度も願った。

「七代目、玉藻様、よき思い出となりました。有難うございました」

おまんが山口巴屋の主親子に礼を述べた。

「籐八郎さんと幸せにな」

「はい」

おまんは最後の夜を過ごす妓楼へと去っていった。

その背をいつまでも四郎兵衛と玉藻が見送っていた。

その視線の端には面番所があったが、今の四郎兵衛には目に映らなかった。

それから四半刻後、閉ざされた大門脇の潜り戸を抜けて、大黒舞の夫婦が外へと出た。

長身の夫は三味線を背に斜めに負っていた。

従う女房の手には太鼓があった。

もはや大黒舞も明日からは吉原に姿を見せない。季節は仲春(ちゅうしゅん)へと移ろっていくのだ。

五十間道に肩を並べたふたりが日本堤へと急ぐ。

神守幹次郎と汀女のふたりだ。

六郷政林の供に加わり、仙右衛門ら会所の若い衆は外へ出ていた。

四郎兵衛はその夜、遊里に留まることになり、すべてを見届けた幹次郎と汀女が吉原をあとにしたのだ。

「姉様、あれほど心に染みた清搔をこれまで聴いたことがない」

「幹どの、私はおまん様が最初の音を響かせた瞬間から涙が止め処もなく流れて、最後の最後までやむことはございませんでした。哀しゅうて泣いておるのではない。なにか美しいものに触れた想いが私のまぶたをゆるめてしまいました。調べが終わって、涙が止まったときの清々しさは、なんでございましょうな、たとえようもない至福にございました」

「ほんに、名人上手の芸があのように凄いものとは」

「聴く人の耳に強引に迫ってくる音ではございませぬ、染み入るような調べで、汀女はまだ勉強が足りぬと思いました」

「どういうことか、姉様」

「吉原の遊女衆に手習いの真似事をしておる自分が恥ずかしくなりました。まだまだ八重垣様のような名人上手が吉原には埋もれておられるのではと思うとな、冷や汗を掻きました」

「姉様、背伸びしてもしようがあるまい。われらは与えられた仕事をな、手を抜くことなく果たそうか」

「ほんにそのことですよ」

幹次郎の足が止まり、汀女が訝しそうに亭主を見た。

「風雅の夜を無粋で汚す者がおるようじゃ。姉様、茶屋の軒下に下がっておられよ」

幹次郎は背に負った三味線を下ろした。布にくるまれた三味線には、刀鍛冶が無銘ながら、

「豊後行平」

と見た刃渡り二尺七寸の豪剣が副えられてあった。

大黒舞姿の幹次郎は三味線を軒下に下がった汀女に渡し、剣を腰に帯びた。

五十間道を大門の方角からばたばたと草履の音を響かせて、追跡者が姿を見せた。

その視界に面を被った大黒舞の男が映じた。

「吉原会所裏同心神守幹次郎とはそのほうか」

十数人の浪人集団を率いる大兵が威嚇するように訊いた。

「見ての通りの大黒舞、来春までは吉原の里には姿を見せぬ者です」

「愚弄しおって」

「そなた様は」

「吉原面番所臨時同心島貫勘兵衛」

「なにか御用か」

「そなたの命、もらい受けた」

「今宵、風流を堪能して清々しき気持ちにございます。島貫どの、お見逃しあれ」

「それ以上の雑言は許さぬ」

島貫の言葉に配下の者たちが抜刀した。それに代わって島貫は後方へと下がった。

幹次郎は五十間道の浪人団の他にその戦いを観察する者がいることを察していた。

(ご覧あれ)

胸中でその者に呼びかけた。

吉原門外の五十間道は三曲がりに曲がっていた。

将軍家が鷹狩りに行く道中、日本堤から大門が覗けぬようにわざと曲げられたというが、真実はだれにも分からない。

細い月が三曲がりの道をかすかに照らし出していた。

幹次郎は剣を抜くと正面に垂直に立てた。

草履を背後に飛ばした。

間合三間（約五・五メートル）で対決する十数人の浪人たちが半円に囲もうとした。

その瞬間、幹次郎はするすると後退して間合を広げた。

それを見た浪人たちが間合を詰めようとした。

幹次郎が止まり、浪人たちは、

（なんぞ仕掛けが……）

と考えたか、動きを止めた。広がった六間（約十一メートル）の間合に、改めて剣を構え直した。

それが悲劇を呼んだ。

ゆるやかな坂道の上に立ったのは幹次郎だ。

剣がさらに薄い月に向かって高く高く突き上げられた。

きええっ！

面を被った口と喉から怪鳥のような気合いが漏れて、五十間道を震わした。

その直後、大黒舞姿の幹次郎が走り出した。

半円の中からひとりの壮漢（そうかん）が躍り出て、迎え撃とうとした。

間合が見る見る詰まった。

ちぇーすと！

さらに地中から立ち昇ったかのような気合いが発せられ、幹次郎の体は虚空（こくう）にあった。

二尺七寸の剣が虚空を両断して、突進してきた壮漢の眉間（みけん）に叩きつけられた。

壮漢は幹次郎が飛び上がった瞬間に足から腰を斬り割らんと剣を斜めに振り上げていた。

その剣を幹次郎の豊後行平と目される長剣の物打（ものうち）が捉えて斬り飛ばすと、委細（いさい）構わず壮漢の額を断ち割った。

壮漢の額から顔に一筋の閃光（せんこう）が放たれ、真（ま）っ向幹竹割（こうからたけわ）りに斬り分けられた。

幹次郎の体は壮漢の棒立ちの体軀（たいく）を越えて着地した。

その背後で、

どさり
と地響きを立てて倒れた音がした。

が、それはもはや幹次郎の意識の外だ。

着地した眼前に襲撃者たちの剣があった。

跳ね上がるように斜め前方に飛んだ幹次郎の剣がふたたび躍り、さらに右に左に切り払われたとき、半円の攻撃陣はすでにずたずたに崩壊していた。

「おのれら、一旦間合いを外せ！」

島貫勘兵衛が指図したが、もはや動揺した浪人衆の耳には届かなかった。

幹次郎は立ち竦んで無闇に突進してくる者たちの前へ、横手へと縦横無尽に飛び回り、その度に剣が振るわれ、ひとりまたひとりと倒されていった。

「下がれ、退(ひ)け！」

ふたたび島貫の命が下り、ようやく攻撃陣は陣容を立て直さんと間合を空けた。

面を被った幹次郎と浪人たちとの間に呻吟(しんぎん)する怪我人が倒れていた。

その数は攻撃陣全体の半数に及んでいた。

「おのれ」

島貫勘兵衛が羽織を脱ぎ捨て、浪人たちの間を割ろうとしたとき、五十間道に新たな人の気配がした。

仙右衛門に指揮された吉原会所の面々だ。

闇に潜む者から口笛が鳴らされた。

「次は許さぬ」

その言葉が島貫から吐き捨てられ、

「怪我人を連れていかれよ」

と幹次郎が応じた。

「おのれ……」

島貫勘兵衛の憎しみが一瞬幹次郎に向けられ、戦うかどうか迷った。

だが、ふたたび口笛が鳴らされ、島貫たちは仲間を引きずるように大門の方角へと下がっていった。

坂道に三人、四人と斃された者が残されていた。

幹次郎は剣に血振りをしながら、山崎蔵人が、

(手の内を見せたな)

と考えていた。

「神守様、あとの始末はわれらが致します」

仙右衛門の声に軒下に控える汀女に、

「姉様、参ろうか」

と年下の亭主が声をかけた。

大黒舞の夫婦が五十間道の路地へと消えた。

第四章　陰間（かげま）の刺客

一

節分が過ぎて、江戸の町に霞（かすみ）がたなびき始めた。

品川の海もどこか長閑な春景色を見せていた。

幹次郎は番方仙右衛門と若い衆を束ねる小頭の長吉と一緒に品川の大木戸を潜って、品川宿を目指していた。

長吉は背に風呂敷包みを負っていた。

四郎兵衛、仙右衛門、幹次郎の談合が行われ、まだ兼康蔵人と呼ばれていたころの隠密廻り同心山崎蔵人の行跡（ぎょうせき）が調べ直されることになった。

もし兼康蔵人が品川宿で辻斬りを繰り返していたのであれば、それを理由に隠密廻り同心を罷免することも可能だ。そこで三人が急ぎ品川宿へと出張ることになった。

江戸時代、東海道の第一番目の宿場品川は北品川と南品川の二宿に分かれていたが、享保七年（一七二二）に歩行新宿が宿場として認められ、三宿で品川宿を構成してきた。

歩行新宿は八つ山付近から始まり、北品川宿、目黒川に架かる中ノ橋を越えて南品川宿へと移り、大井村の境までおよそ十九丁（約二キロ）続いた。

現在の品川駅よりもだいぶ南にあったことになる。

この三宿に飯盛旅籠九十余軒、平旅籠二十余軒、水茶屋六十余軒、煮売商い四十余軒、駄菓子屋二十余軒、その他に酒屋、煙草屋、旅の諸道具を扱う店などが軒を連ね、住人も七千余人が住み、四宿一の賑わいを誇っていた。

遊里の中で幕府が朱印を与えたのは吉原だけだ。

だが、それだけでは男たちの欲望を満たすことはできない。

幕府は品川、千住、板橋、内藤新宿の四宿に飯盛女の名目で、遊女を置くことを黙認した。

品川には四宿一の五百人の飯盛が許されていた。だが、実際はそれに倍する飯盛女がいたとされる。

「番方、吉原と四宿には交流がございますので」

「むろんございます。こたびの一件には打ってつけの人がおります。南品川宿海徳寺門前に石亀の親分と呼ばれる吉兵衛老人が睨みを利かせておられます。本業は石屋だが、お上の御用を承ってもいる。吉兵衛親分と吉原は昔から昵懇の間柄でねえ、まずは石亀の知恵を借りようかと思います」

三人が足早に北品川宿に入ったとき、仙右衛門が長吉に命じた。

「長吉、宿を神戸屋に頼んできねえ」

「へえっ」

長吉が長半纏の裾を翻して走り出した。

四郎兵衛は仙右衛門らに山崎蔵人の首根っこをがっちりと押さえ込むまで品川宿に泊まり込めと命じていた。

そんなわけで長吉は、平旅籠の神戸屋に部屋を取るために先行させられたのだ。

ふたりが中ノ橋際に架かる高札場に到着したとき、すでに長吉が待ち受けていて、

「番方、部屋は取ったぜ」

と叫んだ。

「よし、となれば石亀の親分にご挨拶だ」

三人は目黒川沿いに半丁ほど進み、右手へと折れた。すると筑後久留米藩の抱屋敷の門前が現われ、その先に広大な寺領を持つ海徳寺の山門が見えてきた。

石屋の吉兵衛は海徳寺門前に一家を構えていた。隣は墓参りの客相手の花屋だ。表口にはきれいに箒の目が入れられ、打ち水の跡も残っていた。

腰高障子の一枚には、
海徳寺御用　石亀
と本業が記され、もう一枚には亀の絵が描かれていた。

裏手からは石を鑿で削る音が長閑にも響いてきた。

「御免なすって」

と仙右衛門が声をかけ、長吉が裏手に走った。

広い土間には塵ひとつなく、板の間もぴかぴかに磨かれていた。

「なんぞ御用かな」

奥から少し腰の曲がった好々爺が姿を見せた。薄くなった髪を後頭部で小さく髷にしていた。

「石亀の親分、お久しぶりにございます」

目を細めて確かめていた老人がにっこりと笑い、

「番方かえ、よう来なすった」

「親分も元気そうだ」

「丈夫だけが取(と)り柄(え)だが、近ごろは孫の世話で一日が暮れらあ」

「おうめちゃんと陽次郎(ようじろう)さんにふたり目の子が生まれたってねえ、七代目に聞いたぜ」

そこへ長吉ががっちりとした体格の職人を伴ってきた。仕事着に石の削りかすが付いているところを見ると仕事をしていた当人だろう。

長吉の風呂敷包みはなくなっていた。背の包みは吉原から担いできた手土産だった、それを台所に置いてきたのだ。

「陽次郎さん、お久しぶりだねえ」

「吉原も変わりなしかえ」

「変わりなしとは言い切れねえ、ふたりの知恵を借りにきたのさ」

仙右衛門と幹次郎が立派な神棚と長火鉢のある居間に招き上げられた。

白梅などの庭木が植えられた狭い庭の向こうに作業場があって、職人がふたりばかり仕事をしていた。

「親分、陽次郎さん、七代目を手助けしている、神守幹次郎さんだ」

と幹次郎を紹介し、幹次郎には改めて吉兵衛と娘婿の陽次郎を顔合わせした。

「吉原の頭痛の種はなんだえ」

「吉原会所は廓内を追い出されて、六郷屋敷に間借りだ」

「そりゃまたどういうことだえ」

仙右衛門が新しい隠密廻り同心が着任して以来の騒ぎを話した。

「なんとそんなことになっているとはねえ」

と驚いた吉兵衛老人が、

「その吉原の騒ぎとおめえさん方の品川訪問とどんな関わりがあるんだえ」

「はっきりとした話じゃねえ。そのことをまず親分、陽次郎さん、承知していてくんな。この山崎蔵人って同心、養家に入る前は兼康蔵人といってな、麻布本村の三木光琢って先生の田舎道場で念流を修行していたんだ」

仙右衛門がそこまで説明したとき、

「お父つぁん」

という声がして、娘のおうめが廊下に姿を見せた。客の茶を運んできたのだ。

背には赤ん坊を負ぶっていた。

「四郎兵衛様から酒やら甘いものまでいろいろともらい物したのよ。お父つぁんから、礼を言ってね」

「すまねえな、気を使わせて」

吉兵衛が仙右衛門に言い、話はしばらく中断した。陽次郎とおうめの子のことなどが話題になり、

「番方、ごゆっくり」

と言い残したおうめが居間から消えると話がほどなく再開された。

「吉兵衛親分、二年ほど前から品川界隈で腕の立つ辻斬りが出没しなかったかえ」

老人の目がぎらりと光った。

陽次郎の顔も険しくなった。

「まさかその隠密廻りの仕業とは言うまいな」

「それだ」

仙右衛門は幹次郎が探り出してきた話を聞かせた。

「なんというこった」

「吉兵衛どの、三木先生は兼康蔵人が辻斬りと断言したわけではござらぬ。挙動に不審を持たれ、差し料に血糊の跡があったことを認められただけです」

幹次郎はそう告げた。

「神守様、心配はござんせんよ。御用はたいてえが、推量から始まるものでねえ、麻布本村の剣術の先生に金輪際迷惑をかけるこっちゃあ、ありませんや」

と吉兵衛が請け合った。

「たしかにこの二年ばかりの間、六件ほどの辻斬りが起こっています。どれもがひと太刀、首筋を刎ね斬られて絶命している。腕はいいし、なにより用心深いや。まだこやつが仕事をしているところを見た者がいねえ。おれたち、この辻斬りを妖しの辻斬りとか、妖しとか呼んでいた」

「妖しの辻斬りですかえ」

「なにしろ、影もかたちも見せねえからね。だれもが辻斬りの正体を知らないのさ」

「殺されたのは六人で」

「番方、八人だ。二件がふたり連れでな、それも旅の武家の主従が一組、もう一組は摂津尼崎藩四万石の御番衆ふたりだ。この四人のうち、御番衆は腕に覚えの侍だ、それが刀を抜いて抵抗する間もなく、喉を深々と抉られるように斬り割られている」

御番衆は殿様近くに控える護衛の若侍の集団だ。むろんどこの大名家でも剣術、槍術に秀でた者を選抜していた。その御番衆ふたりに剣を抜かせず、ひと太刀で斬り殺しているという。

並みの腕前ではなかった。

「なんと」

「残りの四人の内、ふたりが品川に遊びに来た大店の番頭と鳶の頭、もうふたりは相撲取りと旅の商人だ」

「石亀の、辻斬りはひとりにございましょうね」

「斬り口から見てもひとりだ」

「妖しの最後の仕事はいつだえ」

「ふた月前だったか。上方巡業から戻った相撲取りの錦岩が兼安屋の女郎と一夜を過ごして、七つ（午前四時）過ぎに飯盛旅籠を出たところをやられた。相撲取りの首筋の筋肉は厚くて固いや、それがばっさりと見事に斬られていた。錦岩の懐には巡業の稼ぎが百両ばかり入っていたということだ」

仙右衛門と幹次郎は顔を見合わせた。

兼康蔵人が山崎家の養子に入ったのはその時期とみられていた。

「妖しはいったいいくら強奪したと推量なされますな」

「こやつ、懐の豊かな相手しか狙ってねえ。だれもが三、四十両は懐にしていた。六件の辻斬りで三百五、六十両は得ているだろうぜ」

吉兵衛が悔しそうに言い、

「こやつはな、決して立て続けに辻斬りをやらなかった。六件ともが大体三月(みつき)から四月(よつき)の間を置いて繰り返してやがる。つい油断したときを見計らって、殺しをやりやがるんだ」

「石亀の、当然、探索はなされましたな」

「品川近辺には大名家の下屋敷、中屋敷が多い。それに旗本屋敷もある、腕に覚えの侍に絞(しぼ)って追ったのだが、なにしろ姿もかたちも見た者がいねえんで、尻尾すら摑めなかった。まさか麻布本村の町道場の弟子とはな」

「兼康家は御家人の家系でね、二半場だ。気位ばかり高くて、貧乏はお手のものだ」

「二半場かえ」

「親父どのは目付の支配下にあったそうな。この家の三男坊だ、屋敷は渋谷川端(かわばた)の天現寺(てんげんじ)前だ」

「屋敷のある天現寺と道場のある麻布本村、そして、辻斬りの出た品川宿は目と鼻の先だ」

「だが、わっしらの目は品川界隈から東海道筋に向いて、麻布本村は眼中になかったぜ」

「兼康蔵人が辻斬りならば、品川に馴染の女郎のひとりもいたはずだが」

「番方、神守様、妖しの影を初めて摑んだようだ。こいつばかりは逃がしちゃならねえ。おれっちが隠密廻り同心の正体をなんとしてもあからさまにするぜ。番方、ちょいと日にちをくんな」

「石亀の、七代目から野郎の正体を暴(あば)き出すまで吉原の土を踏んじゃならねえとのお達しだ。おれたちにもなんぞ手伝いをさせてくんな。宿は高札場前の神戸屋に取ってある」

「陽次郎、まずは北品川から飯盛旅籠を軒並み当たれ。今度は風体が知れているんだ、馴染の女郎を見つけ出せ」

　と命じた。

その場で手順が決められた。

幹次郎は神戸屋に留守番し、仙右衛門と長吉が陽次郎に従った。

翌日の夕暮れどき、幹次郎は陽次郎、仙右衛門らと南北品川宿を分かつ中ノ橋の上で落ち合った。

仙右衛門らは疲れ切った顔をしていた。

「番方、陽次郎どの、当てが外れたか」

「飯盛旅籠九十余軒はあらかた当たった。だが、兼康蔵人の影もかたちもねえ。あとは潜り(もぐ)の飯盛旅籠を残すのみでしてねえ」

仙右衛門の声はかすれていた。

「名も風体も分かっている、それで当たりがないとなるとわれらは見当違いをしていたか」

「ともかく潜りの飯盛旅籠を回ります」

幹次郎は日の沈む方角を眺めた。

まだかすかに光が空に残っていた。

「陽次郎どのや番方らに汗を掻かせるばかりではすまない。私も動こう」

「どうなさるので」

「今一度麻布本村を訪ねてみようと思う」

「野郎の師匠ですね」

「なんでもよい、三木先生が覚えておられることを今一度聞き出してこよう」

仙右衛門らと幹次郎は橋の上で二手に分かれた。

幹次郎は大木戸まで戻り、伊皿子町へと左折して、魚籃坂を上がって、新堀川の土手に出た。

そのとき、日が完全に沈み、辺りが、
すとん
と暗くなった。

幹次郎は川沿いに土地の住人が相模殿橋と呼ぶ四之橋まで上がり、橋を渡った。

ここまで来れば念流の三木光琢道場はすぐそこだ。

幹次郎は他家を訪問するにはちと刻限が遅いかと案じながら、一度訪ねた道場の門前に出た。すると軒に提灯が煌々と点って、人が出入りしていた。

通夜だった。

幹次郎は嫌な予感に見舞われた。

「ごめん、ちとものを伺いたい」

道場から出てきた百姓風の男に尋ねた。

男が幹次郎の顔を見つめた。

「三木道場では不幸があったか」

男はがくがくと頷いた。

「どなたが身罷(みまか)られたな」

「そりゃあ、おめえ様、三木先生だよ」

「なんと、過日、お会いしたときはご壮健(そうけん)の様子であったがな」

「だれにも寿命はあるだ。だが、よりによってな」

と謎めいた言葉を残した通夜の客は家路に着いた。

幹次郎は門内へと進んだ。

過日会った孫娘が土地の名主を見送りに出てきたところだった。

「三木先生がお亡くなりになられたとただ今伺った。もし差し支えなければお線香を上げさせてはもらえぬか」

幹次郎の頼みに孫娘が健気(けなげ)に頷き、

「どうぞ、お上がりください」

と奥を指した。

座敷には三木光琢が寝かされ、隣部屋に門弟たちや御用聞きと思える男が重い沈黙のままに座っていた。

幹次郎はその人たちの視線に晒されながら、一度だけ会った老人の死に顔を見つめた。

顔には驚きがまだ漂い、それが張りつくように残っていた。

自然死ではないことを示して、首筋に厚く白布が巻かれ、血に染まっていた。

幹次郎は瞑目(めいもく)して合掌(がっしょう)した。

長い合掌を終えた幹次郎に、

「おまえ様は」

と御用聞きと思える男が尋ねた。

「神守幹次郎と申す」

男が頷くと顎で示して、座敷の外へと呼んだ。そこは野天の道場が見渡せる縁側だ。

「わっしは麻布永坂町(ながさかちょう)でお上の御用を承る稲荷の金三郎(きんざぶろう)にございますよ」

幹次郎はただ頷いた。

「おまえさんは何用あって顔を出しなさったえ、聞かしちゃあくれまいか」

「親分、承知した。だが、その前に三木光琢先生のお最期の模様を話してはくれぬか」

金三郎がじいっと幹次郎の顔を見ていたが、

「いいでしょう」

と承知した。

「三木老先生はこの界隈でだれにも好(す)かれたお人柄だ。先生が毎朝、夜明け前に独り稽古をなさるのもよく知られたことだ。だれがこの屋敷に入り込んだか、夜明け前、木刀を振る先生の首筋を刎ね斬った野郎がいやがる。先生はひと太刀で絶命なされて、野天の道場の隣地、あの銀杏(いちょう)の根元に倒れていなさった。分かっているのはそれだけのことだ」

幹次郎は隣地に立つ銀杏を見た。

野天の道場と隣地には破れた垣根があるばかりで勝手に出入りができた。銀杏の大木は敷地の隅に立っていた。

老人は異変を感じて隣地に出向いたところで、ひと太刀を浴びたか。念流の道場主を斬り斃すとは並みの遣い手ではない。

「それがし、吉原会所に世話になる者だが、ただ今は品川の石亀の吉兵衛親分と一緒に動いておる」

「なんですって、石亀の親父と」

「金三郎親分、ちとご足労じゃが品川まで足を延ばしてはくれぬか」

幹次郎の頼みにしばし考えた金三郎は、

「なにやらおれの知らぬことがありそうだ」

と呟くと頷いた。

二

海徳寺門前の吉兵衛親分の家に幹次郎と稲荷の金三郎が辿りついたとき、娘婿の陽次郎や手先たちが探索から戻ってきたところだった。

重い足取りから収穫がなかったことは推量された。

「おや、稲荷の親分、どうなさった」

陽次郎が言い、幹次郎との組み合わせを不思議そうに見た。

「陽次郎さん、このお侍に、吉兵衛親分に会ってくれと連れてこられたのさ」

「ならば上がりなせえよ」

石亀の親分は居間の火鉢の前にいた。

土間の問答が耳に入っていたのか、

「稲荷の縄張り内でもなんぞあったようだな」

とふたりに問いかけた。

金三郎が幹次郎の顔を見た。

「石亀の親分、それがし、麻布本村に念流の三木先生を訪ねたのだ。すると三木先生は今朝方亡くなられて通夜の最中でござった」

吉兵衛の顔に驚きが走った。

「石亀の、老先生は朝稽古の折りに何者かに首筋を刎ね斬られて、絶命なさったんだ」

金三郎が付け足した。

「なんだと」

吉兵衛が思わず長火鉢の前から腰を浮かした。

「そんなところにこのお侍が見えた……」

「稲荷の、事情はおよそ分かったぜ。神守様がわざわざおれの前におめえさんを案内してきたというのは、ちと込み入った経緯があるからだ。神守様が吉原会所の関わりの御仁というのは承知だねえ」

「聞いた。だが、知ってるのはそれだけだ」

「うーむ。まかり間違えば、おれの首も飛ぶ、おめえの十手も取り上げられかねねえ話だからな。そいつを承知で聞いてくんな」

「石亀の、おれは土地の方々に慕われなすった三木老先生を殺した野郎をお縄にしたいだけだ。厄介な話が絡むかどうか、聞かせてくれ」

頷いた石亀が吉原会所の陥った苦境から話し出した。そして、三木光琢の弟子であった兼康蔵人に言及したとき、金三郎の顔に驚愕が走り、幹次郎に訊いた。

「するってえと、三木先生を殺したのは元門弟の兼康蔵人かもしれねえと神守様方は思案なされたのですかえ」

「そうとは断定できかねる。だが、品川宿の辻斬り、妖しの正体が兼康蔵人なれば、そのことに気づいておられたのは三木老先生だけだ。われらが品川にやってきたことを隠密廻り同心がどこかで知って、先んじて老先生の口を封じたということもあるのではないかと思うたのだ」

仔細は分かりましたと金三郎が頷き、

「まさか兼康蔵人が山崎蔵人に変わって、吉原面番所の同心になっていたとはねえ」

と呻いた。

「蔵人を承知かえ」

「石亀の、むろん承知だ。三木道場では抜きん出た強さだったからな。おれはまたどこぞの御家人の家に婿養子に入ったとばかり思っていたぜ。それが吉原の面番所同心か」

「稲荷の、だが、一介の隠密廻りじゃねえや、北町奉行の曲淵様直々が後見の同心だぜ。下手(へた)に動けば、御用聞きの首なんぞは直ぐに飛ばされる」

吉兵衛が応じて、

「慎重の上にも慎重に山崎蔵人の所業の証しを固めねばならねえ」

「だが、石亀の、三木先生の口を封じたのが山崎ならば、すでに会所の動きもとっくに知ってようぜ」

「そのことよ」

と相槌を打った吉兵衛が、

「この二日、品川宿じゅうに山崎蔵人の敵娼(あいかた)を探して歩いた。だが、どの飯盛旅籠にも蔵人と馴染の女郎はいねえのだ」

「潜りの飯盛旅籠にもいねえか」

吉兵衛が首を横に振った。

「となるとおめえさん方は見当違いを探しているか、そもそもそんな女はいないかだ」

「だがな、稲荷の、吉原の会所が持ち込んだ話、ほんまものだぜ。その証しに三木老先生を殺してやがるじゃねえか」

今度は金三郎が頷いた。

「石亀の、山崎蔵人が三木老先生を始末するために吉原を離れたかどうか、探りてえ」

「おめえの気持ちは分からねえじゃねえが、餅は餅屋というぜ。探るならば会所の手伝いを受けちゃどうだ」

「その気だ」

「ならばこれから神戸屋に参り、仙右衛門どのに会いますか」

と幹次郎が提案した。

五つ半（午後九時）の刻限にもかかわらず、稲荷の金三郎と陽次郎のふたりは、長吉を道案内に浅草田圃の六郷屋敷へと向かった。

仙右衛門と幹次郎は高札場のところから三人を見送った。

「どうにも気にいらねえや。どこかで山崎蔵人の野郎がおれっちの動きを見ているようですぜ」

幹次郎もそれは感じていた。

「明日からどうなさる」

「神守様、おれはねえ、妖しが山崎蔵人の仕業だとますます思うようになりました。尻尾を摑めねえのはなぜか、頭の奥がむずむずしているんだが、どうにもうまく描けねえや」

苛立ちを抑えて仙右衛門が言った。

「番方、夜明け前が一番闇は深いというでな、ここが辛抱のし時だ」

「それならばよいが」

「あやつがわれらの動きを品川宿のどこかから監視しているとしたら、ますます本星ということになる」

「そういうこった」

ふたりは神戸屋に戻った。

平旅籠だ、客の旅人たちはすでに寝に就いていた。

部屋に戻りながら、幹次郎は朝一番の行動を決めた。


翌早朝、旅人と一緒に旅籠を出た幹次郎は麻布本村に戻った。

三木光琢がその下で斬られた銀杏の大木を訪れた幹次郎は、三木道場から地続きの隣地を調べて回った。

かすかに白み始めた朝の光の中でだ。

幹次郎は通りから一本裏手に入った場所に土地勘のない者が紛れ込むとは到底考えられないと確信した。

三木光琢が独り朝稽古をすることを承知の人間が明らかに目的を持って入り込んだのだ。

(三木先生の仇(あだ)、それがしに討たせてくだされ)

老剣術家の霊に言いかけた幹次郎は、通夜から一夜明けた三木道場を見た。

通夜に疲れた縁者門弟たちはまだ眠りに就いているのか、静かだった。

そのことが幹次郎に独り稽古を思いつかせた。

銀杏の大木の下で両足を揃えて立った幹次郎は、呼吸を整えて、わずかに右足を前方に踏み出して、体を開いた。

腰を沈め、朝まだきの虚空を見つめて、研ぎ師が豊後行平と見立てた無銘の剣を一閃させた。

無音の内に鞘走った刃渡り二尺七寸が眼志流の、

「浪返し」

の技を決めた。

幹次郎はいつの間にか稽古に没入していた。

だが、人の気配に我に返った。

剣を収めて、立ち竦む人を見た。

三木光琢の孫娘が呆然と幹次郎を見ていた。

「すまぬ、驚かせたようだな」

「神守様」

「ちと考えることがあってこの場に戻ってきた」

「居合のようですが、ご流儀を教えてください」

「加賀国の金沢城下外れに小早川彦内と申される老剣客がおられてな、土地の人を相手に指導してこられたのが眼志流だ。それがし、旅の最中のわずかの間、滞在して教えを乞うた。思い出せばこちらの三木道場とよう佇(たたず)まいが似ておったな」

「彦内先生も爺様のようにお年寄りでしたか」

「ただ今も壮健なれど七十歳は優に超しておられよう」

頷いた孫娘に幹次郎は言った。

「稲荷の金三郎親分は三木先生を殺(あや)めた者を調べに府内に行かれた」

「府内に爺様を殺した者がおるのですか」

「それを探索に出向かれたのだ」

「神守様は爺様を殺した者を承知のようですね」

まだ少女の面影(おもかげ)を残した娘が幹次郎に問うた。

「そなたの名はなんと申されるな」

「はなにございます」

「いくつに相(あい)なられるな」

「十五歳にございます、もはや大人にございます」

はなは背伸びするように言った。

「おはなどの、まだその者が下手人とは言い切れぬ。稲荷の親分をはじめ、多くの方々がその者の行状を必死で調べておるところだ」

「私が承知の人物ですか」

はなが幹次郎の顔を正視して訊いた。

「神守様、はなの父親は病にて亡くなりました。爺様がはなの父親の代わりも務められたのです。仇を討ちとうございます」

はなは幹次郎に迫った。

幹次郎はしばし考えたあと、答えた。

「おはなどの、話してもよい。だが、その上でそれがしと約定してほしいことがある。それを承知してくれるならすべてを聞いてもらおう」

「約定とはなんですか」

「それは今言えぬ」

野天の道場に黒衣の女が、はなの母親と思える人物が立った。

背を向けたはなはそのことに気づかなかった。

「神守様は町方役人にございますか」

「違う。それがしは吉原という遊里の会所に雇われている者だ」

「吉原に」

「女房は遊女衆に手習いを教え、それがしは吉原の揉めごとを会所の方々と一緒に鎮めておる。それが仕事だ」

はなが世の中にそのような仕事があるのかと驚いた様子で幹次郎を見た。

「神守様を信頼致します。話を聞かせてください」

「それがしとの約定を必ず守ると言われるか」

「はい」

「ならば話そう、聞いてくだされ」

幹次郎は黒衣の女にも聞かせる心積もりで、吉原に着任してきた山崎蔵人の横暴から三木老人の覚えた不審へと話していった。

はなの瞳が真ん丸く見開かれ、幹次郎の話を最後まで一心に聞いた。

「兼康蔵人様が爺様を殺したと神守様は申されますか」

はなの表情には驚きとともにどこか納得した様子も見えた。

「そう考えておる。だが、なんの証しもない」

「ございます。神守様の話を聞いてはなは気づきました」

「気づかれたこととは……」

「爺様の首の傷です。あれは念流一子相伝の秘剣、鳶凧と申す技で斬られた傷です」

「鳶凧とな。そなた、秘剣を承知か」

「爺様が、おはなの技、未熟なれど爺も歳ゆえ、いつお迎えが来ても仕方なし。伝えておくとかたちを教えてくれました」

「一子相伝の秘剣を見せてはもらえぬな」

「秘剣なれば見せられませぬ。話せることは鳶が枝から気配もなく飛び立つ動きにも似て、対峙する者の首筋を襲う秘剣にございます」

「待て、待ってくれ。一子相伝の秘剣、なぜ兼康蔵人が承知しておる」

「爺様は蔵人様に江戸念流を継がせようと希望したことがございました。ですが蔵人様は仕官するゆえ、道場は継がれぬと断わられました」

「秘剣は伝えられたか」

「いえ、私だけにございます」

「となるとどうして」

「おそらく爺様が私に教えるところを盗み見したのかもしれませぬ」

幹次郎は頷いた。

「そなたの爺様が山崎蔵人に殺された曰く、思い当たることはないか」

おはなは首をかすかに振り、

「爺様は蔵人の行い、武士に非ず。ゆえに破門したとだけ私に申されました」

「三木先生は過日こう申された。門弟衆には身持ち悪きゆえ破門したと説明した。だが、漠然と心の中で蔵人が品川宿での辻斬りの正体ではないかと疑っておられた、と。それがこたびの三木先生の殺しに繋がったとそれがしは見ておる」

「ならばもはや躊躇の要はございませぬ。私が爺様の仇を討ちます」

「おはなどの、それがしに約定には従うと答えられましたな」

「約定とはこのことですか」

「さよう、山崎蔵人にかけられた罪科は三木光琢様の殺しだけではない。あの者が真実品川宿の辻斬り、妖しなれば、すでに八人の者を殺めておる。この山崎蔵人の正体を暴くこと、始末をつけることはそれがしの役目。それが約定にござる」

「神守様、真実が明らかになった暁にはあの者をどうなされるのですか」

「始末致す」

「殺すと申されますか」

「それがし、山崎蔵人に討ち勝つ自信はござらぬ。だが、吉原を脅かす者を斃すのがそれがしの仕事、命を賭して戦い申す」

「神守様なれば必ずや蔵人を倒されます、お勝ちになります」

「そのためには辻斬りの真相と三木様暗殺の証しを摑まねばならぬ」

「はなになんぞ手伝うことがございますか」

幹次郎は顔を横に振った。

「われら、ただ今品川宿にあの者の馴染の女郎を探しております。女郎の口からなにかが分かれば先に進むこともできる」

最前から野天の道場に立つ黒衣の女も幹次郎の話を聞いていた。

「母上」

後ろの人物に気づいたはなが振り向きざまに言った。やはり娘の身を案じた母がはなを探しに来た姿だった。

「おはな、爺様の枕元に行き、朝のご挨拶をなされ」

「はい」

素直にもはなはその場から立ち去った。

「はなの母のつぐにございます」

「許しも得ずに娘御と話をしました、ご無礼をお許しくだされ」

「父を殺したのは兼康蔵人だそうな」

つぐの口にもどこか納得した様子があった。

「まずは間違いなかろうかと思うております」

「となればはなの腕では、到底仇を討つことなど無理にございます。神守様、父の仇を討ってくだされ」

「おはな様にすでにそう約定しました」

母親が頷いた。

「神守様方は蔵人の馴染の女郎衆を探しておられるとか」

「ご存じにございますか」

つぐの顔は横に振られた。

「品川じゅうの旅籠を探しても見つかりませぬ」

その返答ははっきりしていた。

「別の遊里にございましたか」

「父も娘もそのことに気づいておりませぬ」

つぐの答えには含みがあった。

「兼康蔵人は旗本家の婿養子になるために己の秘密を必死に守り通してきたのです」

「……」

「蔵人は女方には興味はございませなんだ」

「衆道にございましたか」

つぐが頷いた。

旗本や御家人の家系が婿養子を入れるのは、娘との間の子を生すため、跡継ぎを得るためだ。養子に望んだ者が女嫌い、衆道では婿養子の口などありようもない。

「いくら飯盛旅籠を探し歩いてもいないはずだ」

「品川宿は寺町にございます」

「若い僧侶を探せと申されるか」

「三年前のことでしたか。私は父に大井村に使いを命じられ、帰りが遅くなりました。そこで南品川宿から辻駕籠を雇い、帰路につきましてございます……」

冬の夜、駕籠の垂れが下ろされ、東海道を北に向かって進んだ。

駕籠は目黒川を越えて、東海道を離れ、御殿山(ごてんやま)下の道を芝二本榎(しばにほんえのき)へと抜けようとしていた。

つぐが暗がりから出てきたふたつの影を見たのは北品川宿法禅寺(ほうぜんじ)裏手であったという。

(なんと)

一瞬垂れ越しに見たのは兼康蔵人の横顔だ。蔵人は若い僧侶と絡み合うように口を寄せ、辻駕籠が通るのを目で追った。

「神守様、それだけのことでございます。ですが、間違いないことにございます」

「若い僧侶に覚えはございますか」

「闇に隠れておりましたゆえ顔は見えませなんだ。若い、十七、八のしなやかな体つきとしか推測つきませんでした」

と答え、

「父の仇、お願い申します」

ふたたび願うと銀杏の大木の下から弔(とむら)いの行われる場へと戻っていった。

三

幹次郎がもたらした情報は、石亀の吉兵衛や仙右衛門たちを騒然とさせた。

幹次郎が石亀に立ち寄ったとき、仙右衛門らもその日の探索の打ち合わせに来ていたのだ。

「番方、えれえ勘違いをしていたようだな。あやつ、稚児(ちご)好みでありましたか、こいつは大いにうっかりしていたぜ」

石亀が腹立たしそうに吐き捨てた。

「親分、妖しが衆道となると一からやり直しだ」

仙右衛門が言い、

「神守様、三木先生の娘は若い坊主についちゃあ、知らないと申されたのですね」

「十七、八歳のしなやかな体つきとしか分からぬようです」

「番方、神守様、御殿山界隈には坊主たちが稚児遊びをする茶屋が何軒かございましてな、取り締まりがきつくなると消え、緩くなるとまた商いを始めるところがございますんで」

「何年も前の話となると茶屋が代替わりしているとおっしゃられるんで」

「そういうこった、番方。それにね、ちと厄介でもある」

「寺は寺社方と言われるんで」

「そういうこった、番方。特に品川宿は寺が多いや、それだけに寺中の揉めごとには一切町方は入り込めねえ決まりがあるんだ」

「石亀の、人の口を開くのは昔から山吹色だ。七代目が品川宿で困ったときにはと百両を持たしてくれなすった。おまえ様に預けておこう、勝手に使ってくんな」

「番方、そいつはおめえさんが持っていなせえ。その代わり、今日はおめえさんと一緒におれも出張る」

「石亀の親分直々の探索とは恐れ入る」

「こういうときは亀の甲より年の功だ」

吉兵衛がにたりと笑い、

「女よりも我慢ができねえのが衆道だ、山崎家に養子に入って婿どのの真似事をしていても、絶対に昔馴染んだ肌身が恋しくて品川に戻ってますよ」

「今も山崎蔵人は品川の青坊主と繫がっていると思われますかえ」

「まず間違いあるまい。ただし三木先生の娘が見かけた若い坊主と今も忍び会っているかどうかは分からねえ。だが、品川の闇の色道世界に関わりを持っていることはたしかだ。せっかく神守様が探り出されてきた話、なんとしても妖しの正体を暴き出しますぜ」

と石亀の吉兵衛が張り切って、その日の探索の手配りを手先たちに命じた。

幹次郎には出番がなかった。

「吉兵衛どの、それがしにもなんぞ役はございませぬか」

「神守様、寺社方に剣突を食らわされても後々の探索に差し支えまさあ。ここは神戸屋に神輿を据えて、わっしどもが山崎蔵人の正体を暴くのを待ってくだせえ。いや、神守様の出番は絶対に参りますって。そんときまで英気を養われるこった。そのうち、吉原から戻った稲荷の金三郎も顔を出すかもしれません、そんときはこの一件を伝えてくだせえな」

石亀の老親分が言い残して、一行が探索に散った。

どこからともなく鼓や笛の音が聞こえてきた。

神楽舞のようだ。

た。

幹次郎は石工(いしく)たちがきざむ鑿の音を聴きながら、縁側で時を過ごすことになった。

手先を連れた稲荷の金三郎が顔を出したのは、四つ半過ぎだ。

「おや、神守様が留守番ですかえ」

金三郎と手先たちの口元からかすかに酒の匂いが漂ってきた。

「気づきなさったか。今日は初午(はつうま)だ。わっしの異名が稲荷というくらいでねえ、吉原からの帰り道に日比谷(ひびや)稲荷から烏森(からすもり)稲荷と義理を果たすために駆け回っていましたんで」

神楽舞は稲荷社の祭礼である初午のものかと、幹次郎は気づかされた。だが、探索には初午も祭りもなかった。

「それはご苦労にござったな。吉原では四郎兵衛様にお会いになられたか」

「へえっ、六郷屋敷で会いまして麻布本村の三木老先生が殺されなすった経緯を話してきました。四郎兵衛様も驚かれて、直ぐに山崎蔵人が吉原を離れて、品川宿に飛んだかどうかの調べを若い衆に命じられました。石亀の陽次郎さんはあちらに残られました」

「相手は町方同心、すぐには尻尾を出すまい」

「そのことなんで。わっしが慣れねえ土地でうろうろするよりと、山崎の動きを追うのは陽次郎さんと長吉さん方にお任せして戻ってきたのさ」

と答えた金三郎が奥を見るようにして訊いた。

「石亀の吉兵衛親分はお出かけにござんすか」

幹次郎は山崎蔵人の衆道の一件を告げ知らせた。

「なんと野郎にはそんな性癖がございましたんで。何日も無駄な探索を強(し)いられましたな」

石亀一家の徒労(とろう)に同情した金三郎は、

「石亀の縄張りを荒らすつもりはねえが、ちょいと心当たりがございます。わっしも寺参りをしてこよう」

と手先を従えて姿を消すとまた石亀に鑿の音だけの気だるい刻限が戻ってきた。

眠気を誘われるような時の流れに幹次郎は句作を思いついた。


石穿(うが)つ　鑿音(のみね)と合す　神楽舞

昼はうめに稲荷寿司を馳走になった。

だが、だれも戻ってくる気配はなかった。

長い一日がのろのろと過ぎて、やがて初午の調べがさらに賑やかになった夕暮れどき、石亀の吉兵衛らが疲れ切った足取りで帰ってきた。

「ご苦労でござったな」

幹次郎の声に仙右衛門が、

「一日じゅう、この界隈の北品川宿から歩行新宿と寺町ばかりを石亀の親分の案内で歩いたがあの世界は格別だ、口が固うございますよ」

と成果の乏しいことをまず告げた。

居間に落ち着いた吉兵衛が、

「それに探索には日が悪いや、初午ときて陰間の話に耳を傾けようという手合いはいませんでねえ」

とぼやいた。

「日ごろ、女郎を相手にあれこれと御用を務めてきたわっしらだ、どうも衆道は勝手が違います」

と苦笑いした。

「ともかく寺領に立ち入れないのが辛い」

「石亀の親分、番方、探索の方向を転じてまだ一日も経ってない、相手の所在は摑めている一件です。稲荷の親分も心当たりを探すと言って出ていかれました。ここはじっくりと腰を据えて焙り出しませぬか」

幹次郎の言葉に吉兵衛と仙右衛門が頷いた。

「初午の宵だ、酒でも呑みますか」

と吉兵衛が手を叩いたとき、

「神守様、稲荷の親分の使いがちょいとご足労をと迎えに来てますぜ」

と手先が知らせにきた。

「稲荷がなんぞほじくり出したか。ご苦労だが神守様にここはお願いしよう」

吉兵衛が言い、仙右衛門が応じた。

「石亀の、おれも一緒しよう」

「番方、歳には勝てねえ、おまえさん方に頼もうか」

「なんぞあればすぐに知らせを寄越す」

仙右衛門と幹次郎は立ち上がった。

「そなた、徳三どのと申したな」

金三郎の手先が表土間でぺこりと頭を下げた。

「徳三どの、案内願おうか」

「へえっ」

三人は初午にどことなく浮かれる北品川宿を出て、中ノ橋を渡り、南品川宿へと入った。

仙右衛門は吉原会所の長半纏を裏に返して着ていた。

幹次郎は着流しに大小の落とし差し、菅笠を被った軽装だ。

「稲荷の親分はどちらでお待ちなのだ」

「妙国寺（みようこくじ）門前の青物横丁（あおものよこちよう）でさあ」

東海道から池上道（いけがみみち）に分岐（ぶんき）する界隈にはなぜか青物問屋が多く集まり、青物横丁と呼ばれていた。

延享（えんきよう）二年（一七四五）に町奉行支配下に入った町屋である。ちなみに府内と外の境界を示す御朱引は数丁先の海晏寺（かいあんじ）の南側だ。

「あんなところになんぞあったかねえ」

吉原会所の番方も浅草を離れると地理不案内になって、少しばかり不安の声音（こわね）だ。

手先は金三郎に使いを命じられているだけか、その様子は喋ろうとはしなかった。

ふたりは黙って従うしかない。

妙国寺の参道前を過ぎると池上本門寺(ほんもんじ)へと向かう池上道への分岐に差しかかった。そこが青物横丁と呼ばれる界隈だ。

徳三は神楽舞の調べが響く横丁の裏手へとふたりを案内した。初午の祭礼日だ、青物問屋の軒下には祭り提灯がぶら下がっていた。

淡い光の下、路地をいくつも曲がって抜けるとふいに闇が支配する地域に出た。塵芥(じんかい)の臭(にお)いが籠った夜風にはどこか胡散臭(うさんくさ)げな危険が潜んでいた。

さらに路地は狭くなり、人ひとりがようやく通り抜けられるほどになった。左右の家からはなんとも重い沈黙と警戒の眼が投げられていた。

「こちらで」

徳三が足を止めて、手で指した先はさらに体を横にせねば先に進めぬ隙間だった。

徳三が体を蟹(かに)のようにして入り込んだ。

幹次郎は大小を立てると徳三を真似た。最後に仙右衛門が続き、

「羅生門河岸の比じゃねえな」

と呟いた。

吉原の最下等の見世が並ぶ一帯を羅生門河岸と呼んだが、ここはその劣悪さにも増して薄い板壁越しに匕首でも突き立てられそうな恐怖が幹次郎らを支配した。

徳三が蟹の横這(よこば)いを止めて、引き戸を引き開けた。すると灯りが徳三の顔に当たり、

「お連れしたかえ」

という金三郎の声が中からした。

幹次郎と仙右衛門は中に入って、驚いた。

狭い通路から思いもよらない土間と板の間が広がっていた。

ふだんは煮売酒場か、今日は祭礼で休んでいる風情だ。

奥にも部屋がありそうで、どうやらここは陰間たちの曖昧宿(あいまいやど)を兼ねている様子だ。

板の間に稲荷の金三郎ともうひとりの手先、それに振袖の上に黒の長羽織を着た、中年の陰間が横座りで酒を呑んでいた。

「神守様、ここは品川宿界隈の好き者が集まる店でしてねえ、こいつは主の野郎(やろう)の種五郎(たねごろう)でさあ。こいつとは昔から悪縁でございましてねえ」

野郎とは歌舞伎の女形の野郎姿からの呼び名で、長羽織に刀などを差している連中のことだ。

「悪縁はこっちが言いたい台詞だよ」

種五郎が呟くと、

「親分、危ない話に何人も嚙ませないでおくれな」

と女言葉で言った。

「このふたりは吉原会所の面々だ。おめえには用事はあるめえが、こっちにはちょいと曰くがある話だ。青坊主がお好みの御家人、兼康蔵人の話をしてくんな」

「さっき、親分に話をしたっきりしか知らないよ」

「話せ」

「御家人の兼康蔵人が最後にうちに来たのは一年以上も前のことですよ。あいつはさ、寺に入りたての二十歳過ぎの青坊主を連れていたっけ」

「青坊主をなんと呼んでいたな」

「いい、しんもん、と呼ぶのを聞いただけですよ」

野郎の種五郎は手酌で酒を茶碗に注ぎ、ぐいっと呑んだ。

「しんもんがどこの寺の青坊主か、知らないと言ったな」

「ここに来る連中は現世の極楽、この場だけの付き合いです。詮索なんぞしているとと碌なことはないのさ、親分」

「御家人の兼康蔵人が最初に面を出したのはいつのことだ」

さあて、と種五郎は遠くを見るような眼差しをした。

「六年も七年も前のことだったかねえ。だが、うちに来るのは精々一年に一度か二度だったな」

「連れてくる相手はいつも同じ青坊主か」

種五郎は顔を横に振った。

「違うこともあれば、同じこともありましたよ」

「しんもんは何度ここへ面を出したえ」

「二度か三度かな」

「しんもんはどうだ。御家人の兼康蔵人とは違う相手と来たことはねえか」

「知らないったら、ほんとに」

「ほんとうにしんもんの寺を知らないのだな」

「親分、何度言わせるのさ」

種五郎がうんざりした顔つきで金三郎を、

なよっ
と見た。

曖昧な話だが、初めて山崎蔵人の衆道についてたしかな証言を得た。

「御家人の兼康蔵人の払いはどうだ」

「いつも懐で小判をあっためていましたよ」

「御家人が金に不自由はしねえとは、おかしな話じゃねえか」

「親分、どんな金でも一両は一両ですよ、出所の詮索はなしがこの世間の習わし
でござんす」

種五郎はもはや話すことはない、帰ってくれと言った。

金三郎が幹次郎と仙右衛門を顧みた。

仙右衛門が懐に片手を入れて、器用に動かし、ふたたび出した。

「種五郎さん、おまえさんが言う通り、どんな金でも一両は一両だ」

種五郎の前に山吹色の小判が十枚積まれた。

野郎の種五郎が一瞬男の顔に戻って、呆(ほう)けた様子を見せた。

「おまえさん、なにが知りたい」

「しんもんの寺だ」

種五郎はしばらく迷うように黙り込んだ。そして、必死で頭を巡らす様子で、目玉が激しく動いた。

「はっきりしたことじゃないよ」

仙右衛門が十両に手をかけた。

「いや、承知だけどさ、この俗界の義理もある」

「おまえさんに迷惑はかけないさ」

「御殿山裏東海寺寺中白雲院、名は新門諒源」

糞っ
と金三郎が吐き捨て、種五郎の手が仙右衛門の手を払い退けると小判を摑んだ。

その手を幹次郎の長剣の鐺が、
ぴたっ
と押さえた。

「なにしやがるんで!」

男言葉で叫んだ種五郎に幹次郎が静かに尋ねた。

「最後に御家人兼康蔵人と新門諒源がここに姿を見せたのはいつのことだ」

「一年以上も前のことだと最前言いましたよ」

種五郎と幹次郎が睨み合った。

長い睨み合いだった。

ふたりの顔を行灯の灯りが照らし出した。

ふうっ
と息を吐き、目を逸らしたのは種五郎だった。

「一昨日の夜半前さ」

「いつ出ていった」

「八つ半（午前三時）時分ですよ」

「ふたり一緒だな」

「お侍、二言はござんせんよ。刀をどけてくださいな」

幹次郎が長剣の鐺を種五郎の手からどけた。すると種五郎が十両を掻き寄せて懐に入れ、

「さあっ、帰っておくれな」

と叫んだ。

青物横丁まで戻ってきた一行の重い沈黙を破ったのは、稲荷の金三郎だった。

「まさか山崎蔵人が前の晩から種五郎の曖昧宿に泊まり、三木老先生を殺しに出

ていったなんて、考えもしませんでしたよ」

「これでなんとか目処が立ちましたぜ」

仙右衛門が応じた。

「あとは白雲院の新門諒源の言質を取りてえな」

金三郎が言い、

「東海寺寺中となると厄介ですぜ。まずは町奉行所から寺社方に願いを差し出さないかぎり、話を聞くのは無理ですね」

「番方、吉原に戻り、手続きを取るか。ともかく事は急ぐ」

「石亀の親父の知恵を借りてみますかえ」

と金三郎が答えて、一行は夜の東海道に出た。

四

初午の夜、御殿山の裏手には寒さが戻っていた。

東海寺寺中白雲院山門の前には目黒川が流れ、そこから川風が吹き上げてきた。

幹次郎、金三郎、それに仙右衛門の三人は石亀の吉兵衛が白雲院から出てくるのを待っていた。

先刻、一行が石亀に戻り、事情を告げると、

「白雲院か」

と石亀の親分はしばし考え、立ち上がった。

「ご出陣願えるのかえ、石亀の」

金三郎が訊いた。

「手はなくもねえ、庫裏とは昵懇の仲だ。石屋石亀の親父が当たって砕けろで訪ねてみようか」

吉兵衛は十手持ちとしてではなく、石屋の主として寺を訪ねると言った。

幹次郎らは、吉兵衛が出かけてしばらく間を置いて、白雲院に向かったのだった。

「遅いな」

金三郎が呟く。

すでに吉兵衛と別れて一刻（二時間）は過ぎていた。

三人はひたすら待った。

九つの時鐘が品川宿の海辺から山へと響いてきた。

颪に御殿山の木々が枝を打ちつけて鳴った。

そのとき、通用口が開いて吉兵衛が姿を見せた。

暗がりで、
ふうっ
と息を吐いた石亀に三人が近寄った。

「新門諒源は信濃の古刹の倅だそうで、年は二十二歳だ。本来ならば三年の修行を終えて信州に戻っていなければならない。それがすでに五年も江戸に長逗留していた」

「蔵人との腐れ縁ですかえ」

仙右衛門が訊いた。

「蔵人の親父は御家人の二半場と言ったな、親父兼康助久の上役、御目付の笹川鵜右衛門という方が白雲院と縁が深けえや。そこで蔵人は、餓鬼のころから親父に手を引かれて、笹川家の御用で白雲院に出入りを許されていたそうだ。ひょっとしたら蔵人め、この寺で衆道の手解きを受けたかもしれねえぜ」

と吉兵衛は出てきたばかりの寺中を顧みた。

「新門と蔵人の仲は寺でも承知でしたかえ」

金三郎が訊いた。

「うすうすは承知してたようだが、黙認していたのだ。衆道は寺では珍しいことではねえからな」

「新門は寺におりましたか」

「稲荷の、それが三日前から姿を消しているそうだ」

「寺に戻ってくる気ですかねえ」

「庫裏を取り仕切る坊主は、今日明日にも戻ってくると言っているがねえ」

「蔵人と行をともにしているか」

仙右衛門が呟いた。

「新門が蔵人に手解きを受けたのは陰間の道ばかりじゃねえそうな。坊主には無縁のはずの剣術をやるそうだぜ」

「まさか妖しの正体は山崎蔵人と新門諒源ふたりということではありますまいな」

仙右衛門が訊いた。

「さすがに辻斬りうんぬんは寺では持ち出せる話じゃねえやな。番方に言われてみればあり得る話だぜ」

「衆道の仲は結びつきがとりわけ深いというからな。中には変わった野郎もいてさ、血を見たあとのほうがいいというのもいる」

仙右衛門が応じ、

「どうしたものかねえ、石亀の親分」

とだれとなく訊いた。

「どうもこうも、山崎蔵人と新門諒源が妖しなれば、お縄にするしかありませんぜ」

金三郎の潔い答えに吉兵衛が頷き、金三郎が、

「石亀の親父さんは十分に働きなすった、これからはわっしらの出番だ。野郎の帰りを待ちますぜ」

と白雲院を見張ることを宣言した。

「私も付き合う」

仙右衛門が言い、幹次郎を顧みた。

「それがしは石亀の親分を家まで送っていく。明け方までには戻って参る」

仙右衛門が訝しい顔をしたが黙って頷いた。

「稲荷の、朝までしんどかろうが辛抱しねえ。その時分に手先を送るからね」

た。

「頼もう」

ふたりの御用聞きが言い合って、幹次郎は北品川宿に下る石亀の吉兵衛に従った。

吉兵衛と幹次郎は闇の道を目黒川沿いにひたひたと下った。

「神守様、見送りにかこつけてわっしに従いなさったのはなんぞお考えがあってのことで」

「どうも青物横丁裏の曖昧宿が気になって、親分を送った足で見てこようと思ったまでにござる」

吉兵衛が足を止めて、闇の中で幹次郎の顔を探る様子を見せ、

「おれも行こう」

「親分を煩わしてよいか」

「稲荷の気持ちも分からないじゃねえが、神守様、年寄り扱いは御免だぜ」

「そういうわけではござらぬ」

「品川宿はうちの縄張りだ」

宣告するように言った吉兵衛はふたたび歩み出した。背筋が、

ぴーん

と伸び、足捌(さば)きがたしかなものとなった。

石屋の老主人から御用聞きに変わった瞬間だ。

幹次郎もその早足に従った。

さすがに夜半を大きく過ぎて青物横丁からは神楽舞の調べは消えていた。

吉兵衛が唐突に言い出した。

「神守様なら話も分かろう。なんたって吉原の女郎衆を夫婦で守っておられるのだからな」

幹次郎が老十手持ちを見た。

常夜灯の灯りに皺が刻まれた顔が浮かんだ。

「品川宿は官許の吉原に及ぶべくもねえが、飯盛旅籠から野郎の種五郎のような陰間が生きる暗がりまである。人とは不思議なもので精進潔斎(しょうじんけっさい)をしておられる坊様がそんな界隈によくよく関わりを持たれるものさ。神守様、おれは煽(あお)り立てる気もねえが、潜りだ、陰間だと厳しく取り締まる気もねえ。こいつばかりは人間の業(ごう)、性(さが)だ。しょうがねえんでねえ」

幹次郎は黙って聞いていた。

「だが、己の欲望のために他人様(ひとさま)の命を狙い、懐中物を奪っていく者は青坊主だろうと町方同心だろうと許せるもんじゃねえ」

それが老御用聞き石亀の吉兵衛が言いたかったことだった。

ふたりは野郎の種五郎が開く煮売酒場を兼ねた曖昧宿に続く、狭い路地の入り口に辿りついた。

吉兵衛は品川宿の主とも言える御用聞きだが、この路地の奥の世界は承知していなかった。

「こんなところに陰間茶屋がねえ」

幹次郎は菅笠の紐を解き、入り口に放り投げた。さらに腰から無銘の大剣を外すと、

「親分、恐縮じゃが、しばらく預かってはくれぬか」

と頼んだ。

幹次郎は路地奥から漂ってくる血の臭いを感じていた。

狭い路地を進む間、身動きがつかない。攻撃されればひとたまりもない。刃渡り二尺七寸の長剣は邪魔にこそなれ、有効な得物とはならなかった。

薄い板壁の向こうに刺客が潜んでいるとしたら、迎え撃つことはままならない。できるだけ身軽にして、反撃のできる体勢をと考えたのだ。

「預かるのはいいが、わっしも行きますぜ」

幹次郎は頷くと豊後行平と刀研ぎ師が睨んだ剣を吉兵衛に渡し、脇差を抜いて抜身を口に咥（くわ）えた。

ふたたび蟹の横這いの構えで路地に潜り込んだ。

吉兵衛が左手に剣を下げて従ってきた。

ふたりはそろそろと進んだ。

幹次郎は一心に襲いくる者の気配を見極めつつ、進んだ。どうやら襲撃者は潜んでいなかったが、血と死の匂いは濃くなった。

曖昧宿で異変が起こっているのはたしかだった。

先ほどは閉じられていた引き戸が開け放たれていた。

行灯は油がなくなりかけたか、灯心（とうしん）が黒い煙を吐き出しながらじりじりと音を立てていた。そのせいで曖昧宿の土間も板の間も暗く沈んでいた。

幹次郎は土間に足を踏み入れた。

続いて吉兵衛が入ってきた。さすがに吉兵衛も死の気配を感じていた。

板の間の角（かど）の暗がりにこんもりとしたふくらみがあった。

先ほど野郎の種五郎が横座りで酒を呑んでいた場所から角の暗がりまでべった

りとした染みの痕がついていた。

血の痕だ。

「なんてこった」

吉兵衛が呟いた。

ふたりは板の間に上がった。

幹次郎は脇差を鞘に戻すと灯心を掻き立てた。

じりじりという灯心が燃える音が消え、灯りが幾分強さを増した。

血塗(ちまみ)れで死んでいたのは、曖昧宿の主、野郎の種五郎だ。

亡骸(なきがら)の横に片膝をついた吉兵衛が幹次郎の剣を傍らに置くと首筋を触って生死を確かめた。

幹次郎は行灯をその傍に運んでいった。

灯りに苦悶(くもん)の、白粉(おしろい)が剥(は)げ落ちた種五郎の顔が浮かんだ。

傷口は胸から首にかけて何箇所もあった。

殺人者はなぶるように野郎の種五郎を繰り返し刺していた。種五郎は即死ではなく、じわじわと体から血が流れ出て死に至っていた。それを刺した相手は見つめていたようだ。

「われらが尋問をどこかで見ていた者がいた」

「新門諒源か、山崎蔵人か」

「ふたりかもしれませぬな」

吉兵衛と幹次郎は頷き合った。

吉兵衛が懐を探って、財布を摑み出した。革財布の中に小判が十枚に二分金、一朱銀が何枚か入っていた。

十両は仙右衛門が与えた金子だ。

財布に目をつけなかったということは、金子目当ての殺人ではないということではないか。

「神守様、早いとこ新門諒源の身柄をとっ捕まえねえことにはまたなんぞやらかしますぜ」

「白雲院へ戻りますか」

幹次郎は行灯の灯りを吹き消した。

青物横丁から東海道に出たとき、屋の棟三寸下がるという八つ（午前二時）過ぎかと幹次郎は見当をつけた。

通りに人の往来は絶えていた。

品川沖からの潮風がゆるく吹きつけていた。

「神守様は吉原に夫婦で勤めておられると申されましたな」

「われら、会所に拾われ、ようやく人並みの暮らしができるようになりました」

「仕官などお考えではないので」

「その昔、十三石をいただく軽輩の奉公人でしてな。三度三度の飯にも難儀する暮らしにございました、今さら仕官などまっぴらです」

「兼康蔵人も仕官なんぞ考えなければ、かような仕儀には陥らなかったのですがねえ」

石亀の吉兵衛の嘆きはそこに行った。

「人を殺めて金子をつくり、血に塗れた金子で購った身分が町奉行所隠密廻りでござんすか。町方同心なんてものは元々三十俵二人扶持、貧乏が付いて回る身分ですぜ。わっしの旦那など、いつも酒代にも困る暮らしにございますよ」

旦那とは吉兵衛の鑑札を許す町方定町廻り(じょうまちまわり)同心のことだろう。

「酒代にもお困りというのはそれだけ清廉(せいれん)な御用をなされているということだ、吉兵衛どのはよい旦那を持っておられる」

「それが町方の誇りでさあ」

幹次郎は吉兵衛の袖を引いて足を止めた。

長徳寺の門前を過ぎ、遠くに稲荷社の灯りが朧に見えた。

「どうなされました」

「妖しどのが姿を見せられたかもしれぬ」

前方に市女笠（いちめがさ）に杖をついた白袖の若衆が姿を現わし、足早にふたりに近づいてきた。

「吉兵衛どの、塀際にお寄りなされ」

さすがに老練（ろうれん）な御用聞きの吉兵衛だ、その市女笠の人物の手練（てだれ）を挙動で見抜き、さっと塀へと身を避（よ）けた。

幹次郎は菅笠を脱ぐ暇を見つけられなかった。

市女笠の若衆の間合の詰め方が迅速を極めていたからだ。

間合が見る見る縮まった。

幹次郎は両足をわずかに開き、腰を沈めて待った。

間合が五間（約九メートル）を切った。

「新門諒源とはそのほうか」

市女笠が脱がれ、左手に持たれた。

朧な常夜灯の光に青々とした坊主頭が光った。

「いかにも新門諒源におわす」

「青物横丁の曖昧宿の主、野郎の種五郎を惨殺(ざんさつ)したはそなたか」

「ちと口が軽過ぎたゆえ懲(こ)らしめたまで」

二十二歳という新門の体つきは少女のようにしなやかで、細面(ほそおもて)は童女(どうじょ)のように整っていた。だが、その口調は容貌とは異なり、傲慢(ごうまん)に聞こえた。

寺の塀の上に別の気配がした。

吉兵衛が身を避けた塀とは反対側だ。

幹次郎はそれが虚空に立ち上がったのを見た。

手に十手が閃いていた。

赤元結の岩松が新門と行動をともにしていた。この数日感じていた、監視の眼の正体は岩松か。

「吉原会所の隠密廻りになった山崎蔵人とは衆道の仲だな」

塀の上の岩松を目で牽制(けんせい)しつつ訊いた。

「さて、そのようなことは存ぜぬ」

「麻布本村の三木光琢老先生をそなたと山崎蔵人ふたりで襲うところを見られたとは気づかなかったか」

幹次郎は新門諒源にかまをかけてみた。

「そなたの口車（くちぐるま）に乗ると思うてか」

「そなたらが使（つこ）うた念流の秘剣鳶爪をたしかに見た者がいた」

「しゃあっ」

という奇怪な返事をした新門の形相（ぎょうそう）が一変した。

「吉原会所の裏同心神守幹次郎、覚悟せえ」

「仏道修行をしたはなんのためか、人を殺めるためではあるまいに」

杖が振られた。

隠されていた細身の刃が虚空に躍った。

幹次郎の手が迷いもなく脇差の柄にかかった。

「衆道仲間が寝床で教えた剣術がいかなるものか、神守幹次郎が見届ける」

「おのれ！」

間合が一気に詰められた。

白小袖が躍った。

細身の剣が地摺(じず)りに下りた。

その抜身に市女笠が被せられ、隠された。

間合が詰まり、生死の間仕切りを越えた。

市女笠が不動の幹次郎の顔へと投げられた。くるくると回った笠が幹次郎を襲った。

柄にかかった手で脇差を引き抜き、手首を返すと飛来する市女笠に向かって投げ打った。

市女笠を見事に刺し貫いた脇差が地摺りの構えで突進してきた新門諒源の下腹部に市女笠を串刺しにしたまま突き立った。

うっ
新門が立ち竦んだ。

赤元結の岩松を見た。

岩松は塀の上で鎖分銅(くさりふんどう)を回していた。

幹次郎は岩松の動きを牽制しつつ走った。

低い姿勢から地を這うように進むと長剣を抜き打って、立ち竦む新門の右脇腹から左の胸部を摺り上げた。

新門諒源も眼志流の秘剣、

「横霞み」

に対抗しようとした。だが、幹次郎の太刀風はさらに迅速を極めていた。なにより新門の下腹部に突き立った脇差と市女笠が動きを奪っていた。

豊後行平と目される無銘の長剣が虚空へと撥ね上げられたとき、新門諒源がその場に崩れ落ちた。

闇を切り裂く音がした。

幹次郎の頭上に鉤手の付いた鎖が伸びてきた。

長剣を振るった手首に鉤手が絡み、幹次郎の動きを奪った。

塀の上で岩松が両足を開いて立ち、きりきりと鎖を絞った。

幹次郎の手首が締まり、激痛が走った。

「流人捕縛の岩松様をちと甘くみたようだな」

幹次郎は塀際へとずるずると引き寄せられていった。

なんという大力か。

塀の上では勝ちを確信した岩松が長十手を翳した。

幹次郎は息をする暇を与えられなかった。

さらに鎖が引き絞られた。
幹次郎の手首の血の流れは止まっていた。
「死ね！」
叫んだ岩松の体が虚空に飛んで前転した。
長十手が、前転する体の陰から棒立ちの幹次郎の額を打ち割らんと伸びてきた。
わずかに手首の鎖が緩んだ。
手首に激痛が走った。血が通い始めたのだ。
凍てついていた剣に動きが戻った。
ちぇーすと！
示現流の気合いが幹次郎の口から漏れ、虚空に体を飛躍させた。
飛び上がる幹次郎と飛び降りる岩松が地上四尺（約一・二メートル）で交差した。
叩きつけられる十手を弾いた豊後行平と目される豪剣が岩松の脳天を襲った。
ぎえええっ
凄まじい絶叫が響き、血飛沫が常夜灯の灯りに照らされた。
どさり

脳天を真っぷたつに割られた岩松の体が地面に叩きつけられ、何度か弾んだ。
その後、だらりと弛緩した。
重い沈黙が戦いの場を支配した。
幹次郎は手にした刀に血振りをくれ、鞘に納めると新門の傍らに歩み寄った。
そして、細かく震える細身の体から脇差を引き抜いた。
市女笠がその下腹部に残り、新門が断末魔の叫びを小さく上げた。
ことん
青坊主の体から生のひとかけらが消えた。
新門も岩松ももはやこの世の者ではなかった。
「吉兵衛どの、こやつらの始末、どうしたものか」
石亀からはしばし返答はなかった。
幹次郎が振り向くと、
「神守様、そなた様は……」
と言い絶句した。

第五章　妖(あやか)しの辻斬り

一

「初午は　隅っこばかり　騒がしい」


吉原でも初午にはいろいろと行事があった。

妓楼は軒下に抱え女郎の名を入れた大提灯を吊るし、赤飯や油揚げを供えたりした。そして、

「梅見に行く」

と家人(かじん)に偽り大門を潜った男衆は、馴染の女郎を従えて、吉原の四隅にある九郎助稲荷、榎本稲荷、開運稲荷、そして、明石稲荷にお参りした。

特に九郎助稲荷には大勢の客と遊女がお参りに訪れ、

「おや、頭、ひょんなところでお会いしましたな」

「番頭さん、稲荷は吉原に限ると申しますでねえ、神信心に邪心はござんせんよ」

「ほんにほんに」

とか言い交わし、男同士が照れ笑いした。

各稲荷社には白梅紅梅が植えられ、今を盛りと咲き誇り、辺りに馥郁(ふくいく)とした花の香りを漂わせた。人のいない刻限には鶯が訪れて、長閑にも美しい鳴き声を響かせていたりした。

だが、遊女たちは季節の移ろいよりもいつもの暮らしが変化することが嬉しいらしく、客の袖を引いて、束の間の夫婦気取りを装った。

そんなわけでいつもはひっそりしている遊里の隅っこの稲荷社が賑わいを見せる初午だったが、引け四つの拍子木とともに終わった。

「ぬし様、この次は花見に来てくれやんすか」

夜明けの大門前で女郎と客が別れを告げる風景が繰り広げられ、季節は、

「梅から桜」

へと移っていこうとした。

この日、汀女の手習い塾は扇屋の二階座敷で行われた。

出席したのは二十四、五人でいつもより少なかった。だが、この二十数人はどんなときでも顔を見せる熱心な常連で、それだけに汀女がたじたじとする傾城風の筆蹟で、御所風の文を書き、和歌を巧みに詠んだ。

代教格は三浦屋の太夫、薄墨太夫だ。

ふたりは机を並べて、弟子の遊女たちと向き合っていた。

「汀女先生」

今しも文に朱を入れようとしていた汀女は、薄墨の呼びかけになにごとかと顔を上げた。

「大門内から会所が消えて、待合ノ辻まで道中する楽しみが減りましたよ」

薄墨は汀女の前では廓言葉は使わなかった。

「それはまたどうしてでございますか」

「遊女の支えは会所にございます、というのは紋切りの返答。真の心はいつ汀女先生の亭主どのが姿を見せられるかとわくわくしておりますのさ」

「それはまた幹どのの耳に入れれば喜ばれよう」

「悋気は感じませぬか」

「だれが薄墨太夫と張り合って嫉妬心など起こすものですか」

「あれまあ、先生を慌てさせようと思うたがあっさりと寄り切られましたなあ」

と薄墨は薄く化粧をした顔に笑みを浮かべた。

厚化粧ではないだけに薄墨の美貌が浮かび上がって、女の汀女ですらはっとする美しさだ。

「先生、四郎兵衛様方やら幹次郎様はいつ会所にお戻りにございましょうかな」

「なんでも六郷屋敷に会所を構え、幹どのらは品川宿に出張っておると聞きました」

「まさか品川宿に鞍替えしたわけではございますまい」

「なんぞこたびの騒ぎと関わってのことにございましょう」

「寂しゅうございますね」

「幹どのが留守の間は心が落ち着きませぬ」

「汀女先生に悋気を起こさせようとしてこちらに悋気が生じたわいな」

薄墨太夫が冗談に紛らわして心を打ち明けた。

扇屋の大階段に荒々しい足音が響き渡った。

「山崎様、お履物をお脱ぎくだされ。ほれ、遣手、お履物をお預かりせぬか」

という番頭の声が響き、廊下に猛々しくも血走った形相の面番所隠密廻り同心山崎蔵人が手先たちを従えて立った。

そろそろ手習い塾が終わろうという刻限だ。

「神守汀女、われらに同道せえ」

山崎の叱咤の声に手先たちが土足で座敷に踏み込もうとした。

「お待ちなさんせ」

凜とした薄墨太夫の声が響いて、手先たちの動きを止めた。

「妓楼の二階座敷は遊女の戦場、その座敷に土足で踏み込まれるとはちと無粋でありんす」

階下から扇屋の主や男衆が二階へと急ぎ上がってきた。

「おめえは三浦屋の薄墨だな。女郎風情がお上の御用に口出しするんじゃねえ!」

山崎蔵人が決めつけると顎でしゃくった。

手先たちがふたたび動き出した。

薄墨太夫が優雅な裾捌きで立つとその前に立ち塞がった。

「汀女先生がなにをなさんしたか、面番所に引き立てる理由をお話しなんせ」

当代一の美女だ。

手先たちは凍てついたように体を硬直させた。

「花魁、この女の亭主に用があるんだよ、亭主の行き先を承知なのは女房と相場が決まってらあな。面番所に引っ立ててきりきり白状させるんだ。理由は話したぜ、これ以上邪魔立てすると、薄墨、おめえも一緒に引き立てるぜ」

「これはまた乱暴な話でありんす」

薄墨太夫が嫣然（えんぜん）と笑った。

「おのれ、お上の御用を笑いやがったな。おめえも一緒にお縄にかけて仲之町に引き摺り出そうか」

「おまえ様方のやりようにこの薄墨、興を催しました。引っ立てなんせ」

両手を前で重ねて差し出した薄墨太夫に、

「太夫、同心どのはこの汀女に用とか。吉原の華が引っ立てられては遊里に灯りが点りますまい。ご心配無用にございます。同心どのの得心がいくようにとくと話して参ります」

と汀女が覚悟して文机（ふづくえ）の道具を片づけ始めた。

「汀女先生、吉原は口約束の里にありんす。薄墨が一旦口に出した上は汀女先生ともども道中しんすえ」

「おのれ、どいつもこいつも盾突きやがる。構うこっちゃねえ、薄墨も汀女も一緒に引っ立てよ！」

山崎蔵人が命じたとき、手習い塾の弟子たちが、

「あちきも汀女様と参ります」

「扇屋の立花（たちばな）も面番所への道行きに加わりますえ」

とその場にいた全員が立ち上がった。

扇屋の主の喜右衛門（きえもん）が、

「太夫ばかりを行かせるわけにも参りません。私もお供しますよ」

と言い出すと男衆が私も、わっしも、と名乗りを上げた。それだけこたびの新任の同心の無法が腹に据え兼ねていたのだ。

「山崎様」

吉原総名主の三浦屋四郎左衛門が慌てて駆けつけた様子で廊下に姿を見せた。

「吉原が浅草裏に移って百三十余年、これほど吉原が虚仮にされたこともありませぬ。会所を閉じよと申されるからおとなしく会所を閉じました。すると今度は

遊里にとって宝の花魁衆に無体な狼藉をなさいますか。われら、庄司甚右衛門以来の官許の里の意地を貫くために面番所と刺し違えても女衆を守り通してみせますぞ！」

ふだんは温厚な総名主の火を吐くような言葉に山崎蔵人の血相が青白く変わった。

全員が山崎蔵人に詰め寄った。

「三浦屋、今日はおとなしく引き上げようか。この次は力押しにしてもおれの意地を通してみせるぜ！」

捨て台詞を残して山崎蔵人らが扇屋の二階座敷から大階段を駆け下り、表へと飛び出していった。

女郎衆から歓声が湧いた。

「太夫」

感極まった汀女が薄墨に話しかけた。

「先生ひとりを礼儀も知らぬ同心のところへやれるものですか」

「山崎様は町奉行所の同心どの、このまま済むとは思いませぬ」

「まあ、この一件は総名主の四郎左衛門の絡んだこと、汀女先生とわれら吉原は一心同体にございますよ」

と三浦屋の主が言い、

「ささっ、今日はこの辺で手習い塾を終わりにしましょうぞ」

と遊女たちに解散を命じた。

もう昼見世の刻限が迫っていたのだ。

手習いの女たちが帰り、その場に残ったのは汀女、薄墨、扇屋の主の喜右衛門、それに四郎左衛門の四人になった。

汀女が改めて三人に、

「迷惑をおかけして申し訳ないことにございます」

と謝った。

「汀女先生、もう少しの辛抱だ」

閉め切られていた控え座敷の襖(ふすま)が開かれ、いつからいたのか吉原会所の七代目四郎兵衛が姿を見せた。

「七代目、隠密廻りはどうして、ああもいきり立っておられるのですね」

と総名主が訊いた。

四郎兵衛はそこに残った者たちが吉原を動かす男女であり、信頼の置ける者ば

かりであることを確認すると、

「品川宿の沖合いに山崎蔵人の稚児の青坊主と御用聞き赤元結の岩松のふたりの死体が浮かんでいたそうなんで」

他人事のように四郎兵衛が言い、その場にいる全員が吉原会所の反撃が始まったと確信した。

だが、汀女だけはふたりの死に幹次郎が関わっていることを直感し、複雑な思いを抱いた。

「そうか、あの同心、衆道でしたか。どうりで吉原の女衆に薄情なわけだ」

四郎左衛門が得心したように言った。

「四郎兵衛様、幹どのはまだ品川宿にございますか」

「いえ、今朝方には戻ってこられました」

と言った四郎兵衛が、

「汀女先生、こたびの戦もどうやら大詰めが近うございます。先生が左兵衛長屋と吉原を往来するのは危のうございます。しばらく玉藻のもとに寝泊まりしてくださいますか」

と廓内の七軒茶屋山口巴屋に移るように命じた。

「四郎兵衛様の命なればそう致します」

「なあに、神守様らが大門脇に大手を振って戻ってこられるのもそう遠い先の話じゃありませんよ」

と請け合い、扇屋の喜右衛門が、

「七代目、いつまでもあのような同心をのさばらせておくと商いに差し支えますよ」

と早期の決着を願った。

四郎兵衛が胸を叩いて、

「承知しております」

と明言したが、その顔は険しかった。


その夕暮れ、六郷屋敷のお長屋に吉原会所の全員が顔を揃えた。むろん神守幹次郎もだ。

「北町奉行曲淵甲斐守様のお別れ巡察の日取りが決まった」

七代目頭取の四郎兵衛が宣告するように言った。

官許の吉原は南北町奉行所の支配下にあり、一年に一度南北両奉行が相伴って廓内巡察を行った。

だが、こたびの曲淵景漸のそれは事情を異にしていた。

「いくら奉行職在位十八年と申されようと別離の廓内巡察をなされたお奉行はこれまでおられなかった。それが、月番まで変更なされて巡視を行う裏には、一に吉原からの慰労金を考えてのこと、二には曲淵様、置き土産として吉原の組織編制に手をつけ、吉原の町政を変革して、利潤を奉行所に直結なされようという考えがあってと推測される。むろんこの曲淵様の背後には御三卿一橋治済様が控えておられる」

四郎兵衛が言葉を切った。

「このこと、吉原の総意として許しがたし」

仙右衛門らが一様に頷いた。

「曲淵様の廓内巡察の折り、なんぞ吉原に置き土産をなさるかどうか」

無論この置き土産とは吉原にとって都合のよいものではあるまい。

「七代目、巡察はいつのことですね」

「三日後と通告されてきた」

「これはまた切迫しておりますな」

「当日までになんとしても曲淵様がなにを考えて大門を潜られるか、探り出さねばならぬ。そいつは番方、おまえ様に任せよう」

畏まった仙右衛門が、

「山崎蔵人が激しく憤っておりますが」

「番方、陰間の情は濃いというでな、そいつを失ったんだ。頭に血が上ろうというもんじゃないか」

「片腕の岩松も神守様が始末なされましたからな、腹立ちは並大抵のことじゃございますまい」

「その上、薄墨太夫にぴしゃりとやられなすった」

四郎兵衛が思い出し笑いを浮かべた。

「その場に行き合わせとうございましたよ」

「山崎同心に対してはちと考えあって、仕掛けをしようかと思うております」

と四郎兵衛が言い、

「番方、ともあれ神守様といい、汀女先生といい、われら、おふたりに足を向けては寝られませぬぞ」

「まったく」

と答えた仙右衛門が、

「神守様、この一日二日はわっしらに花を持たせてくれませんか。曲淵様の内与力進藤唯兼様に狙いを定めます」

と笑いかけた。

「それがし独り六郷屋敷で昼寝をせよと申されるか」

「汀女先生も七軒茶屋に居候(いそうろう)だ。左兵衛長屋に戻ってもだれもおられませんよ」

仙右衛門の言葉に幹次郎が頷いた。


二日後のこと、幹次郎は五十間道の茶屋と茶屋の間に狭く抜ける路地に姿を潜めて、大門を深編笠の縁(ふち)を上げて見ていた。

面番所の同心たちの交替の刻限が迫っていた。

浅草寺の時鐘はとっくに五つ（午後八時）を打ち出していた。むろん大門はまだ開かれていた。

面番所の面々は五つの時鐘に合わせて昼夜番が交替した。

吉原の同心は三度三度の飯も三の膳付きの仕出しで、八丁堀までの送り迎えも山谷堀から八丁堀まで専用の猪牙舟が出された。

だが、山崎蔵人は飯も食わなければ送り迎えの猪牙舟も拒絶していた。

幹次郎は念流の秘剣、

「鳶爪」

を盗んだ山崎の腕前がどれくらいのものか知るために尾行しようと考え、六郷屋敷を抜け出してきていた。

四郎兵衛がこのところ六郷屋敷に人を呼び、

「仕掛け」

に専念していることもあった。

仙右衛門らは内与力進藤唯兼の身辺に網を張るために忙しく働いていた。

幹次郎だけが無聊を託っていたのだ。

大門から小者を従えた同心が姿を見せた。だが、山崎蔵人ではなかった。

五十間道を同心一行が去って四半刻後、ふらりと山崎蔵人が現われた。御用聞きも小者も従えず、ただ独りだ。

巻羽織の裾を翻して、足早に五十間道を見返り柳へと向かう。

幹次郎は引手茶屋の後ろに回り込み、五十間道と並行する裏道を日本堤へと向かった。

独り孤影を引いて山崎蔵人が土手八丁を今戸橋へと向かう姿が見えた。

御家人の三男が旗本への出世を願うために必死で剣術を修行し、ついには江戸念流を継ぐ者とみなされるまでになった。だが、そうそう旗本になる道などなかった。

次に考えたのが金で養子の口を買うことだ。

そのために辻斬りまで犯し、三百何十両を得て、買った身分が御目見以下、それも、

「不浄役人」

と蔑まれる町方役人、山崎家の婿養子だ。

だが、山崎蔵人は隠密廻り同心の地位に甘んじたわけではなかった。

奉行曲淵景漸の内与力進藤の命に従い、曲淵を後ろ盾にさらなる出世を考えていた。

しかし、曲淵の背後に一橋治済卿が控えていることは山崎には知らされていまいと幹次郎は思った。

駕籠を飛ばして吉原へと駆けつける客たちとは反対の方向に傲然と独り行く姿

に山崎蔵人の、

「野心」

がほの見えていた。

二

山崎蔵人の足がふいに道を曲がった。

この先には幹次郎と汀女が住み暮らす左兵衛長屋がある。

（どこへ行こうというのか）

まさか幹次郎らの長屋を訪ねるわけではあるまい。その懸念をなぞるように足が長屋の木戸前で止まった。しばらく長屋を見ていた山崎は不意にまた浅草田圃の道を歩き出した。しばらく行くと、車善七が頭を務める浅草溜に差しかかった。

ふいに風に乗って清掻の調べが聴こえてきた。

仲春の宵の徒然に六郷屋敷から響く音はおまんの三味線の独り弾きだ。

六郷政林の招きに応じ弾かれる調べには、おまんのただ今の幸せな暮らしが表われていて、どことなく温かみが感じられ、艶っぽい。

山崎は浅草田圃の道を左折した。

それは六郷屋敷の表門前へと続く道だ。

山崎蔵人は六郷屋敷に吉原会所があることを嗅ぎつけたか。

幹次郎は緊張した。

山崎は幹次郎が尾行していることを承知の上で左兵衛長屋の前で足を止め、仮の吉原会所が置かれた六郷屋敷へと引き回していた。

風の具合か、おまんの清搔が聴こえなくなった。

六郷屋敷の門前が近づいた。

だが、山崎の足運びは緩むことなく通り過ぎた。さらに進めば浅草寺寺中の延命院（えんめいいん）などが門前を連ねる寺町の裏手に突き当たる。

ふたりが行く道は遊客が吉原に通う道から外れ、遊女との再会に気分を高揚させた男たちとすれ違うことはない。

寺町の裏塀に突き当たった。

山崎蔵人は迷うことなく誠心院（せいしんいん）と延命院の間を抜ける路地に体を入れ、幹次郎を誘い込んだ。

（なんぞ仕掛けるつもりか）

幹次郎はそのことを念頭に置きつつ鯉口を切り、尾行を続けた。

ふたつの寺の間の路地を通り抜ければ大きな通りへと出る。

それは浅草寺の東側、随身門前から来る馬道で、さらに北へ進むと日本堤に戻ることになる。

この通りもまた遊里へ向かう飄客たちが徒歩で、駕籠で行く道だ。

幹次郎の視界の先で山崎蔵人が、
ひょい
と右折した。

幹次郎は山崎蔵人に続いて角を曲がる前に足を止めた。

山崎の待ち伏せを警戒したためだ。

だが、その様子はなかった。

幹次郎が歩みを再開しようとしたとき、
ううっ
という呻きが漏れて、

「ろ、狼藉を……」

という声とともに、

どさり
と倒れる物音が闇を伝わってきた。

幹次郎は通りへと走り曲がった。

すると半丁先から巻羽織の裾を翻して走り出した者がいて、その足元にくずおれた人影が見えた。

(なんと、山崎蔵人は辻斬りを働いた)

それも幹次郎の尾行を承知で危ない橋を渡っていた。

幹次郎は深編笠の縁を片手で上げて走った。

辺りには人影がなくなっていた。

山崎蔵人は馬道から随身門を潜り、浅草寺境内に逃げ込んだか、姿が掻き消えていた。

幹次郎は辻斬りの場に辿りついた。

どこぞの勤番侍か、喉首を抉られ、断末魔の痙攣(けいれん)をしていた。

幹次郎はその場に片膝をついた。

「しっかりしなされ」

常夜灯の灯りに傷を調べた。

ただのひと太刀、首筋を狙って深々と抉るように致命傷を負わせていた。

念流の秘剣、

「鳶爪」

で斬られた痕だ。

幹次郎は駕籠が後ろから走り来る気配に視線を巡らそうとした。

そのとき、叫び声が上がった。

「辻斬りだぞ！」

山崎蔵人の声だ。

（なんということか）

山崎蔵人の術中に嵌ろうとしていた。

幹次郎の剣は数日前に品川宿で新門諒源と赤元結の岩松を始末していた。手入れはしてあったが血糊が残っていないとは言い切れない。

駕籠が後方から走りくる様子があった。

幹次郎は後方を顧みた。

「辻斬りだぞ！」

駕籠舁きの悲鳴にも似た叫びが夜の寺町に響き、どこかで呼子が鳴って、夜廻りの御用聞きが走りくる気配がした。

もはやここで捕まれば言い訳が難しくなる。幹次郎はその場から走り出した。

馬道の軒下の暗がりに腰を低めて走り抜け、随身門から浅草寺境内へと飛び込んだ。

「辻斬りだぞ！」

の声はまだ繰り返し響いていた。

幹次郎は本堂の横手の闇に走り込んでようやく足を止めた。

迂闊にも山崎蔵人の姦計に陥るところであった。

辺りを見回したが、山崎蔵人の姿は夜の町に掻き消えていた。

致し方ない、広小路に出て、大川（隅田川）と並行する御蔵前通りから六郷屋敷に戻るかと考えた幹次郎は本堂の前で頭を下げた。そうしておいて雷御門へと向かった。

参道の左右に寺中の寺が並んでいた。

人影の絶えた参道を粛々と広小路へと向かう。

雷御門を潜ろうとしたとき、広小路を大川端へと悠然と歩く人影を認めた。

山崎蔵人だ。

(愚弄しおって)

幹次郎は意地になっていた。

山崎蔵人に誘われるままにふたたび尾行に入った。

お互いが尾行し、尾行されることを承知していた。

山崎蔵人は吾妻橋際に提灯の灯りを点した田楽の屋台に引かれるように足を止め、酒を頼んだ様子だ。

その様子を御蔵前通りの辻の暗がりから幹次郎は眺めていた。

いくら品川宿を騒がした妖しとはいえ、人ひとりを殺害した興奮を五体に塗していた。

その上気を鎮めるように山崎は茶碗酒で三杯ほど立て続けに呑んだ。

呑み代を放り出した山崎は吾妻橋下の船着場へと下りていった。

幹次郎が船着場を見下ろす河岸に到着したとき、一艘の猪牙舟が大川へと出たところだ。

客の山崎はもはや幹次郎を歯牙にもかけない様子で、進みいく下流を一心に見詰めていた。

船着場にもう舟はなかった。

だが、そのとき上流から猪牙舟が漕ぎ寄せてきた。

幹次郎は河岸から船着場に下りると、

「すまぬがあの猪牙舟のあとを追ってくれ」

と言うと船頭の返事も聞かずに飛び乗った。

船頭はどうするか迷った風に黙り込んだが、

「酒手（さかて）だ」

幹次郎は二分金を船頭の手元に投げた。

それを器用にも片手で受けた船頭が櫓（ろ）を握り直した。

山崎蔵人の乗る猪牙舟は大川を下り、日本橋川に入ると与力同心の多く住む八丁堀の運河へと舳先（へさき）を向けた。霊岸橋（れいがんばし）を潜り、さらに二丁（約二百十八メートル）ばかり進んだ西側の河岸に寄せて泊められた。

幹次郎はすでに山崎蔵人が役宅に戻ると分かっていた。が、門を潜るまで尾行する気構えで舟を降りた。

河岸に上がると月明かりに町方同心特有の巻羽織に着流しが雪駄（せった）の音を響かせて、八丁堀の奥、北島町（きたじまちょう）へと進んでいった。

山崎蔵人が足を止めたのは一軒の同心の役宅前だ。

町方同心の役宅はどこも百坪ほどで、その敷地の中にこぢんまりした屋敷が建っていた。そして、空いた敷地の一角を医師などに貸して店賃を稼いでいる同心もいた。それは偏に三十俵二人扶持という薄給ゆえだ。

この扶持を金子に換算するとおよそ十四両ばかりだ。これでは体面は保てない。そこで敷地の一部を貸し、家人が内職に勤しんだ。

山崎家はどうやら貸家はしていない様子だ。

山崎はしばし表門に佇んでいたが横手の木戸門へと回り込み、役宅へと姿を消した。

幹次郎はなんの成果も得られないばかりか、辻斬りをした山崎の所業を見逃し、さらに反対に辻斬りと疑われそうな立場に立たされかけた腹立たしさを押し隠して、浅草裏への帰路につこうとした。

すると闇がゆらりと動き、人影が現われた。

幹次郎は凝然と見据えた。

それは吉原会所七代目四郎兵衛の姿であった。

「面白き見物が始まるやもしれませぬぞ」

四郎兵衛が囁いた。

仕掛けに走り回り、人に会って根回ししていた策のことか。

四郎兵衛と幹次郎は八丁堀の隠密廻り同心の役宅を、息を潜めて見つめることになった。

幹次郎は吉原会所から山崎蔵人を尾行した経緯を告げた。

「なんと神守様の眼前で辻斬りを働きましたか」

「それがしが角を曲がったあやつから目を離したのは、ほんの束の間にございました。その間にすれ違った勤番者と思える武士をひと太刀で殺め、それがしを辻斬りに仕立てようと企てた。恐ろしいほど機転の利く同心にございます」

「神守様、才人はとかく才に溺れるものにございますよ。あやつは御家人の三男の部屋住みからなんとしても脱したかった。大身旗本への仕官を今も望んでおります」

「とは申せ、もはや山崎家に養子に入った身にございます」

「それそれ」

と四郎兵衛が声もなく笑ったとき、老女と思しき声がふたりの耳に届いた。

「婿どの、木戸門からこそこそと泥棒猫のようにお帰りになることはあるまい」

山崎蔵人が言い訳でもするような気配があったがそれは聞こえなかった。

四郎兵衛と幹次郎は山崎家の板塀に近づき、耳を寄せた。

「御用でかようにも遅くなられるのか」

「町方同心の務めは夜も昼もござらぬ」

さすがに山崎の声が尖っていた。

「蔵人どの、大方、どこぞの陰間茶屋で青坊主と抱き合うて参られたのではありませぬか」

「な、なんと申されたな」

「蔵人どの、養子に入られて幾月になられる。まだお初の体に触りもせぬというではないか。陰間では女に関心がなかろう」

「姑どのとて許せぬ雑言」

「怒られたか。そなたの行状を逐一知らせてきた者がおるわ。品川宿の白雲院の、新門諒源なる青坊主がそなたの稚児じゃそうな」

「お、おのれ」

「蔵人どの、山崎の家がそなたを養子にもらい受けたはお初との間にやや子を生してもらい、山崎家の跡継ぎをもうけるためじゃぞ。おまえ様は種馬であったわ、それがなんと陰間じゃと、呆れてものが言えませぬ」

「言わせておけば」

「蔵人どの、刀の柄に手をかけられて、義母の私を斬られるおつもりか。ここは与力同心の住み暮らす八丁堀ですぞ。ささあっ、どうなるか、斬りなされ」

雪駄の音が響いて木戸口が勢いよく開かれ、山崎蔵人が姿を見せると韋駄天走りに闇に消えた。

静寂が戻り、山崎家から若い女の泣き声が漏れてきた。

女房のお初の泣き声だろう。

「明日にも進藤様に抗議申し上げるわ、新たな婿どのを早々に用意致さばよし、できぬというならばこの私にも考えがある」

その言葉を最後に騒ぎは終わった。

塀の暗がりから四郎兵衛と幹次郎が立ち上がり、黙々と楓川へと歩いていった。

四郎兵衛は先ほど幹次郎が猪牙舟を乗り捨てた運河から一本西側の楓川新場橋際に会所の屋根船を待たせていた。

「待たせたな、政吉父つぁん」

ふたりが乗り込むと船は直ちに日本橋川へと舳先を向けた。

船頭は船宿牡丹屋の老船頭政吉で、もうひとり会所の若い衆の梅次が従っていた。

屋根船には炬燵が用意されていた。

炬燵で向き合った四郎兵衛が言い出した。

「山崎様の家に出入りする呉服屋を調べ上げ、番頭に小遣いを与えて仕組んだ仕掛けにございますよ」

「これで蔵人は退路を絶たれたことにはなりませぬか」

傷を負った獣は危険極まりない。

「もはや蔵人が八丁堀の役宅に戻れぬのはたしかにございますな。ですが、隠密廻り同心を罷免されたわけではございませぬ」

「山崎蔵人の頼りは北町奉行の曲淵景漸様にございますな」

「さよう」

と答えた四郎兵衛は煙草入れを腰から外し、煙管を出した。

幹次郎が用意されていた煙草盆を四郎兵衛の前に差し出すと、

「梅次、酒を神守様に」

梅次が座敷の片隅で燗をつけていた酒を幹次郎に運んできた。

銚子（ちょうし）で温められた酒は人肌で、山崎蔵人に引き回された幹次郎の喉に心地よく落ちた。

「手酌でお願い申します」

そう言い残した梅次が座敷の外に出た。

船はどうやら日本橋川に出たようで、ぐいっと方向が転じられていた。

「この数日、魚河岸の頭取、札差（ふださし）の月番、両替商の月番行司（ぎょうじ）、芝居町（しばいまち）の親方と色々な方々にお会いしました」

四郎兵衛が忙しかった日々を思い出すように話を再開した。

「北町奉行曲淵様はご存じのように明和六年に江戸町奉行職に命じられ、十八年の長きにわたり在職なされ、こたび辞職が内々に決まりました。そこで曲淵様の筆頭内与力進藤唯兼どのが東奔西走（とうほんせいそう）なされて、金集めをなされておられる」

「吉原だけが慰労の金子を命じられたのではないので」

四郎兵衛が顔を横に振り、

「吉原には慰労金五百両が命じられましてございます」

「町奉行どのが辞職なされるときはそのように慰労金を贈る習わしがございます

ので」

「儀礼の範囲でならございます。ですが、五百両は法外」

と煙管の灰を煙草盆に落とした四郎兵衛は言い切った。

幹次郎は梅次が用意していった杯を四郎兵衛に差し出し、銚子から酒を注いだ。

ゆったりと口に含んで、喉を潤した四郎兵衛が、

「芝居町にも魚河岸にも蔵前にも吉原と同様の慰労の金子が申しつけられた」

四郎兵衛が舌打ちした。

「川柳に、千金の 一夜ぐらしは 五丁町、と申します。吉原の大門を閉めてひとり遊びをするなれば、千両の金子が要るというわけです。ですが、ただ今では千金をもってしても大門を閉ざすことはできませぬ。吉原はひとりの大尽のためにあるわけではございませぬ。それに吉原の一夜の稼ぎはその数倍にも上がりましょう。これは芝居町とて魚河岸とて同じこと、十八年務めたお奉行に儀礼の範囲であれば、金子も差し出しましょう。だが、吉原を引っ掻き回して去られる曲淵様に五百両は法外にございます」

空になった杯に幹次郎は新たに酒を満たした。

「曲淵様の意を受けた進藤様が江戸じゅうに命じた慰労金の額は五、六千両を越

いそうな」

「曲淵様はなんとしても勘定奉行に横滑りして加増を重ね、大名の列に加わりた

「この金子を次なる猟官にお使いになるつもりですか」

えましょう」

幹次郎はただ呆れて返答のしようもなかった。

「蔵前の旦那衆とも両替商の月番とも話し合った上に、どこもがこの申し出を断わることになりました。その先陣を切るのが吉原にございます」

「最後の吉原巡察がその場にございますか」

「そう、吉原が存続するかどうかの大勝負にございます」

その期日は明日に迫っていた。

「神守様、吉原会所の面々は明朝に廓内に戻ります」

四郎兵衛の脳裏にはもはや隠密廻り同心の存在などないように言い切った。

「曲淵様巡察の刻限はいつにございましょうか」

「夕暮れ前と知らされております」

「ならばそれがしもその刻限までには遊里に戻ります」

四郎兵衛が頷くと、

「頼みましたぞ」
と言った。

三

庄司甚右衛門の嘆願に基づき、幕府公認の遊里吉原が誕生したのは元和四年(一六一八)のことだ。
遊女町の総名主に甚右衛門が就任して、吉原の歴史は始まった。むろん浅草田圃の新吉原ではなく、葺屋町之下と呼ばれた元吉原二町四方のことだ。
この官許を得るために甚右衛門らは五箇条の覚えを受け入れた。
一 傾城町の外傾城屋商売致すべからず。幷 傾城町囲の外何方より雇い来候とも先口へ遣わし候事、向後一切停止たるべき事。
一 傾城買い遊び候もの、一日一夜より長逗留致す間敷候事。
一 傾城の衣類総縫金銀の摺箔等一切着させ申間敷候事。何地にても紺屋染を用い申すべく候事。
一 傾城町家作普請等美麗に致すべからず。町役等は江戸町の格式の通急度相勤申すべき事。

一　武士、町人体(てい)の者に限らず、出所慥(たしか)ならず不審成者徘徊致候わば住所吟味致し、弥不審に相見候者は奉行所へ訴え出るべき事。

さらにおよそ五十年後の明暦二年の十月、元吉原の町名主たちは町奉行石谷(いしたに)将監(しょうげん)に呼び出され、本所か浅草日本堤への移転を命じられた。

江戸の町中から外れに移ることに多くの妓楼の主たちが抵抗したが、官許の遊里はこれまで許された敷地の五割増しで浅草日本堤に移転した。

新吉原に移り、営業を始めたのは翌三年の八月のことであった。

新しく成った吉原の大門口に高札が掲げられ、日本堤には町方支配の区割りを示す杭(くい)が打ち込まれた。この事実は、吉原が明白に町奉行所支配下にあることを示していた。

高札には、

「此以前より禁制之通り江戸町之端々に致る迄若遊女ばいた隠し置候わば早々番所へ申し出るべき候身之儘になし置くべき者也」

とあった。またもうひとつ高札に掲げられたものがあった。

「一　医師の外何者によらず乗物一切無用なるべし
附（つけたり）　鑓長刀（やりなぎなた）門内へ堅く携帯禁止たるべきこと」

この元吉原の五箇条と新吉原の高札が吉原存立の条件であった。つまりは吉原の憲法ともいえた。

官許の遊里吉原が町奉行監督下にあることの象徴が年に一度の南北奉行相揃っての巡察であった。むろん巡察で実際になにをするわけでもない、慣習であり、形式であった。

だが、こたびの曲淵景漸の単独巡察は特例であった。

ともあれ在位十八年の町奉行を送るための行事に吉原は、その日忙殺（ぼうさつ）されることになった。

夜明け前、仙右衛門ら吉原会所の面々が車善七の支配下にある黒元結の掃除人に化けて、大門を潜った。

北町奉行巡察の日というので特に念を入れての清掃が命じられ、ふだんに倍する掃除人が入ったのだ。それに紛れての吉原潜入だ。大門を潜ってしまえば、自分たちの里だ、潜伏する場所はいくらもあった。

さらに数刻後、仲之町七軒茶屋の四郎兵衛が堂々と面番所の前に立った。

「山口巴屋の主四郎兵衛、ちと旅に出ておりましたが本日は北町奉行曲淵様の廓内巡察の日、お迎えのため立ち戻りましてございます」

と挨拶した。

面番所同心山崎蔵人が血走った顔を向けたが、吉原の役付きに奉行の出迎えを欠席させるわけにはいかない、黙って入ることを許した。

廓外に残っているのは神守幹次郎だけだ。

浅草裏に移った吉原に新たに許されたものが昼夜二回の商いだ。

昼見世は八つ（午後二時）に始まり、およそ一刻で終わる。夜見世は暮れ六つに再開され、引け四つ近くまで灯りが点っていた。

曲淵景漸の一行の巡察は夜見世が開かれようとする暮れ六つ前と命じられていた。

両奉行相揃っての巡察なれば面番所の同心御用聞きなどが土下座して待ち受け、吉原の総名主三浦屋四郎左衛門、町名主に太夫がうち揃い、羽織袴の威儀をもって出迎えた。また妓楼の主、茶屋の主人は自らの戸口で跪拝（きはい）して迎えるを習わし

として、大門を入って仲之町筋を水道尻まで鉄棒（かなぼう）を引いた吉原会所の男衆に先導され、

「下におろう、下におろう！」

の声とともに進み、形式ばかりの巡視のあとに吉原会所で饗応（きょうおう）を受けて帰るのが仕来たりであった。

この間、廓内の鳴りものは禁じられ、営業も自粛を強制されたから、吉原の面々は早々に巡察が終わることを願った。

この夕刻、曲淵奉行の一行の駕籠が大門前に到着したのが七つ半（午後五時）過ぎだったが、北町奉行の威勢をもってしても、槍持ちを従えて入ることはできなかった。

また、町奉行といえども駕籠で大門を潜ることは許されない。

曲淵景漸も徒歩を余儀なくされた。

突然の町奉行巡察に大門前に一時足止めを食った遊客たちは白々とした視線を向け、その客たちの間に、

「なんだい、遊びを邪魔しようというのか」

「もっぱら慰労の金子をもらいに来たって話だぜ」

「奉行を十八年務めるとおいしい話があるんだな」

そんな囁き声が広がった中に曲淵一行は大門を潜った。

面番所前では北町奉行所支配下の内与力鍬方参右衛門らがすでに土下座し、同心御用聞きらが這い蹲って奉行を出迎えた。

一時閉鎖された吉原会所の前では総名主三浦屋四郎左衛門以下、町名主、会所頭取、太夫連が顔を揃えて待ち受けていた。

太夫の筆頭は薄墨太夫だ。

そのとき、清掻の調べがさわやかにも響いた。

町奉行巡察の折りの鳴り物停止は決まり事だ。

面番所の与力同心の顔色が変わった。

その中から血相を変えた山崎蔵人が立ち上がり、吉原会所に走り寄ってきた。

筆頭内与力の進藤唯兼も動いた。

「四郎兵衛、なんの真似か。お奉行巡察に鳴り物停止は決まり事だ」

会所の前に這い蹲っていた四郎兵衛が顔を上げると、

「山崎様、よくお聞きくだされ。あの調べは廓内からではございませぬ。外からにございます」

「なにっ！」

意表を衝かれた山崎が耳を傾けた。

「あれは六郷屋敷から響いてくる清掻にございます。われら、遊里の鳴り物の停止は命じてございますが、出羽本荘様の屋敷で弾かれる調べにまで注文をつけるわけには参りませぬ。もしご迷惑と思し召されるなれば、面番所から六郷政林様にお掛け合いのほど願います」

山崎蔵人は返答に詰まった。

「おのれ」

と吐き捨てる山崎蔵人の眼前に吉原会所の長半纏を着た仙右衛門らが提灯、鉄棒を携えて姿を見せた。

「四郎兵衛、なんの真似か」

「なんの真似とはどういうことにございますか」

「吉原会所の閉鎖を命じたぞ」

「山崎様、お奉行巡察に先導は習わしにございます。それともこたびの曲淵景漸様の巡察はお忍びにございますか」

四郎兵衛の反論に山崎蔵人が返答に窮した。

お忍びなれば麗々(れいれい)しい出迎えはいらなくなる。

「山崎、決まりに従え」

肚(はら)に慰労金五百両という一物(いちもつ)のある進藤唯兼が命じた。

「進藤様、よろしいので」

「今宵は吉原の決まり事に従え」

「はっ」

と憤怒(ふんぬ)を抑えた山崎と進藤が面番所前へと戻り、仙右衛門らの、

「北町奉行曲淵景漸様、格別の吉原巡察に候。下におろう、下におろう！」

の声が響いて、巡察が始まった。

案内役を吉原会所の七代目四郎兵衛が務め、一行が仲之町の奥に向かい、大門口で足止めされていた遊客たちから、

「ちったあ、下々のことを考えろ」

「長く務めて頭がおかしくなったんじゃねえか」

という不平の声が漏れて、ようやく客たちも遊里に入ることを許された。

その騒ぎの最中、着流しの神守幹次郎は深編笠に面体を隠し、大門を潜った。

人波に紛れるように江戸町一丁目へと曲がり、裏同心の通用路、和泉楼と讃岐

楼の間の路地に入り込んだ。すると路地の見張り役の老婆が、

「神守様、ご苦労にございます」

と声をかけた。

「うーむ」

と返事をした幹次郎は、路地の奥へと進んだ。だが、その足は会所の裏口には向かわなかった。

深編笠を脱いだ幹次郎は曲淵一行が立ち寄る会所を避けて、山口巴屋の裏戸を引き開けた。広い台所ではいつも以上に女衆が忙しく立ち働き、玉藻と汀女の姿も目に入った。

ふたりは吉原会所で催される曲淵一行の饗応の膳の指図をしているようだった。だが、奉行饗応にしては質素な一の膳だけだ。

「幹どの、お元気そうですね」

「姉様も健やかに見えるな」

「長屋暮らしとは違い、こちらでは三度三度が上げ膳据え膳のご馳走にございます。贅沢が身についていて少々困っております」

汀女が苦笑いした。

「そういえば姉様、顔がふっくらと見えるな」

「それは困りましたな」

夫婦の会話に玉藻が加わり、

「神守様、汀女様は茶屋の女将も立派に務められる貫禄と力量を備えておられますよ。うちでは大助かりしております」

と笑った。

そのとき戸口が開き、長吉が顔を覗かせた。

「神守様、ちょいと」

頷いた幹次郎は、

「姉様、御用じゃ、あとでな」

と言うと今入ってきたばかりの裏戸を出た。

「山崎蔵人の姿が巡察の一行から消え、面番所臨時雇いの島貫勘兵衛の姿も見えません。番方は巡察の最中に四郎兵衛様になにごとか仕掛けるのではないかと案じておられます」

「七代目暗殺か」

「はい」

「曲淵様の一行は今どちらにおられるか」

「異なことに、水道尻から京町二丁目へと入られました」

仲之町を往復して巡察を終える、それが長年の慣習であった。

京町二丁目の先には羅生門河岸の暗がりがあった。

「よし、参ろう」

幹次郎は手にしていた深編笠を山口巴屋の台所に投げ入れた。動きが機敏になるように考えてのことだ。

「ご案内、申します」

長吉は路地から路地を伝い、通りを横切るときも遊客の込み合う場所を避けて走り抜け、さらに迷路のような廓内の裏路地から路地を走った。

幹次郎も従って、ふたりは羅生門河岸へと先廻りした。

五丁町の中でも最下等の遊女たちが商う路地が鉄漿溝の臭いの漂う東の河岸と西の河岸だ。

特に東河岸は羅生門河岸と呼ばれ、暗がりから腕を取られて、間口三尺（約九十一センチ）から四尺五寸（約一メートル三十六センチ）の長屋に引き込まれ、一ト切（およそ十分）百文で欲望を満たす世界が広がっていた。

羅生門河岸で鬻ぐ遊女の中には病にかかっている女もいて、そんな遊女に当たれば直ぐに死ぬとされ、

「鉄砲女郎」

と蔑まれた別称もあった。

この宵は羅生門河岸がひっそりとして、息を凝らして時が過ぎるのを待ち受けている様子であった。むろん奉行巡察が終わるのを待っているのだ。

長吉と幹次郎は暮らしと欲望が直截に絡み合い、いつもなら偽りの嬌声と男の荒い息が弾む闇の路地を疾風のように抜けた。

遠くに会所の提灯が見えた。

なんと曲淵景漸の一行は羅生門河岸の巡察をしようとしていた。

この暗がりの中で山崎蔵人と島貫勘兵衛が四郎兵衛の命を狙おうとすれば、止めようがない。

だが、長吉ら会所の面々は廓内の地理に通暁していた。

「長吉どの、もし事を起こすとしたらどこかな」

先を走る長吉に囁きかけた。

足を緩めた長吉が、

「へえっ、そいつを先ほどから思案していたんで」

と答えると立ち止まって切見世の一軒に声をかけた。戸口の掛行灯に、

「千客万来(せんきゃくばんらい)」

の張り札がかすかに見えた。

「およしさん、客はいねえようだな」

「町奉行の巡察だ、客が来るものか」

中から答えが返ってきた。

「すまねえ、部屋を通らしてもらうぜ」

戸が引き開けられ、ふたりは狭い土間で草履を脱ぐとそれを手に提げて、半間間口の部屋の奥へと進んだ。

およしが布団を敷き延べた上に横座りして手持ち無沙汰に煙草を吸っていた。

「会所のお侍も一緒かえ」

およしが幹次郎に声をかけ、

「相すまぬな」

と幹次郎が詫(わ)びた。

裏戸は人ひとりが横になって抜けられる幅しかなかった。

長吉は一旦脱いだ草履を履きながら器用にもするりと迷路のような路地に出た。吉原の華やかな表通りの五丁町の裏には、かような名もなき路地がうねうねと延びていた。この路地を裏路地の住人や吉原会所の面々は「蜘蛛道」と呼んでいた。幹次郎が初めて接する世界がそこにはあった。横になってなんとか進める路地が切見世の裏にも延びていた。

幹次郎は品川の曖昧宿への入り口を思い出しながら、長吉に従った。

切見世何軒か置きに羅生門河岸の表通りが覗ける隙間があった。

長吉の足がふいに止まった。

羅生門河岸にも遊女たちが使う厠や井戸や塵捨て場があり、そこだけがぽっかりと空き地になっていた。

「いましたぜ」

長吉と幹次郎は苦労して体を入れ替えた。

すでに吉原の羅生門河岸には闇があった。そして、暗がりにふたつの影が朧に見分けられた。

ひとりは島貫勘兵衛だが、もうひとりは山崎蔵人ではなかった。

どうやら島貫の配下のようだ。

ふたりは明らかに刺客だ。

巡察の一行が羅生門河岸を通り抜けるときを狙って、四郎兵衛の暗殺を挙行しようとしていた。

両人の背からありありと殺気が窺えた。

幹次郎は山崎蔵人がなんらかの企てをもって四郎兵衛をふたりの前まで引き込もうとしていると思った。

「参る」

小さな声で長吉に言い残すと狭い隙間から路地を抜けて、厠の臭いが漂う井戸端へと出た。

その気配にふたりが気づいて振り向いた。

「そなたらの企て、許すわけにはいかぬ」

「おのれ、神守幹次郎か」

島貫勘兵衛が立ち上がりながら、足場を固め、

「田中氏、こやつの腕を甘くみてはいかぬ。示現流を使いおる」

田中と呼ばれた男が黙したまま剣を抜いた。

狭い井戸端だ。

田中は剣を八双にとった。

島貫勘兵衛が一拍遅れて剣を抜くと正眼に構えた。

幹次郎はまだ柄に手もかけていない。

厠と井戸と塵場が接して設けられた空間を確かめつつ、わずかに右足を前にして腰を沈めた。

無言の裡に見る見る勝負の機運が高まっていった。

羅生門河岸に人影が見えた。

山崎蔵人だ。

山崎は闘争の気配を感じて足を止めた。

田中と呼ばれた刺客が走った。

示現流の間合を外すため、詰め寄ったのだ。

八双の剣を虚空に突き上げ、間合を見切りながら迅速に振り下ろした。

幹次郎はぎりぎりまで引きつけると半歩踏み込み、二尺七寸の長剣を鞘走らせた。

「眼志流浪返し」

頭上から振り下ろされる刃を感じながら、幹次郎の手の動きが描き出した一条の光が田中の腹部を斬り割っていた。

うっ
と田中が漏らすと硬直したように立ち竦んだ。が、
どさり
と倒れた直後、東軍流島貫勘兵衛の正眼の剣が突きの構えへと移行し、幹次郎の喉元に襲いきた。

幹次郎はその動きを考えに入れて、井戸端へと飛んでいた。

島貫の切っ先が幹次郎の鬢（びん）を掠（かす）めるように抜けた。

攻撃を躱された島貫は素早く反転した。

幹次郎も体の向きを変えていた。

その背に山崎蔵人を負うことになった。

瞬時に踏み込んだ。

背を襲われないためにはそれしかなかった。

幹次郎の剣は右脇構えに付けられ、島貫勘兵衛の剣はふたたび突きに戻されていた。

両者は間を置くことなく激突した。

突きの剣先が伸び、幹次郎の脇構えが刎ねて弾いた。

島貫は弾かれた剣を幹次郎の首筋に落とした。

幹次郎もまた島貫の眉間に叩きつけていた。

ほぼ同時の攻撃であった。

だが、愚直ともいえる猛稽古で培われた示現流の打突(だとつ)の重く、速い太刀風が東軍流の斬り下ろしに寸余(すんよ)勝(まさ)った。

幹次郎の掌に鈍い感触が伝わり、島貫の顔面に幹竹割りの傷が走った。薄い明かりに一条の血の道が浮かぶのが見えた。

がくーん
と島貫勘兵衛の体がくの字に曲がって腰砕けに崩れ落ちた。

幹次郎は素早く反転した。

その視界の端に山崎蔵人が羅生門河岸へと戻る姿が映じた。

四

吉原会所の巡察を終えた曲淵景漸、筆頭内与力進藤唯兼、内与力鍬方参右衛門らが饗応の席に着いた。

同心以下の面々は奉行の酒宴に出ることはない。

ゆえに山崎蔵人の姿も当然ない。

進藤が運ばれてきた膳部を見て、血相を変えた。

それは一の膳だけで、等しく小鉢に梅干ふたつと沢庵ふた切れが盛られてあった。

(これは……)

なんぞ趣向があってのことか、いや、違うと思った。だが、あからさまに酒席に注文をつけるのはどうかと迷った。

「巡察ご苦労にございました」

総名主の三浦屋四郎左衛門が曲淵の役目を労った。さらには、

「お奉行には十八年の長きにわたり、江戸町政に腐心くださり、また格別に吉原にはご理解いただき、真に有難き幸せにございます」

「うーむ」

苦虫を嚙み潰したような顔で曲淵はただそう答えた。

吉原からは総名主、町名主ら役付きが顔を揃えていた。

「総名主、奉行職を辞される曲淵様がかようにも吉原のことをお考えとは、われら、お礼の言葉もありませぬ」

と四郎兵衛も言い添え、不満顔を怒りに変えようとする曲淵の顔色を読んだか、

「お奉行、巡察はお役目ゆえかように質素な膳部に致しました。ですが、酒は上方の下り酒、お相手はお奉行がお喜びのお方に願ってございます」

と付け加えた。

曲淵と進藤の顔に、

（そうか、これからが本膳か）

という喜びの感情が走った。

曲淵奉行はおそらくは当代一の薄墨太夫が酌に姿を見せるのであろうと考えた。

「お待たせ致しましたかな」

だが、現われたのは磊落（らいらく）な口調の初老の人物であった。腰には脇差だけを差した、隠居然とした恰好だ。

曲淵景漸の顔が、

（はてどこかで見かけたような）

と訝しくなった。

「国学者にして歌人の田安宗武様にございます。曲淵様は老中松平定信様のご実父様とはご面識ございませぬか」

曲淵の顔色がさっと変わった。

倅の松平定信は若き日から英邁を謳われ、十七歳で白河藩主の松平定邦の養子に入っていた。今、残存する田沼派を一掃するために新将軍家斉の後見として幕閣に抜擢された人物だ。

家斉の実父は曲淵が頼みとする一橋治済卿であった。だが、家斉の後見に就いた定信の実父とあってはこちらもないがしろにできなかった。

「これはこれは田安様、異なところでお目にかかります」

「吉原は歌人にとって湯島聖堂と並ぶ学問所にござってな、しばしば邪魔をしておる。景漸どのは巡察にお出でとか。さすがに十八年も江戸の町政を見られてこられた方は最後の御用先まで乙にございますな、なによりご奉公に熱心がよい。このこと、倅に話して教訓とせよと申し伝えまする」

真面目な顔で言う宗武の言葉がぐさりと胸に突き刺さった。

江戸で金が集まる場所へ、

「慰労金」

と称して強制し、それを集金して回る一番手が吉原だったのだ。

その出鼻をくじくように田安宗武が現われた。

「曲淵どの、そなたは三十一文字にも堪能と聞き及ぶ。梅干を魚に酒を酌み交わし、吉原最後の宵に和歌合わせなどに興じましょうかな」

と誘いかける田安に曲淵は、

「田安様、奉行所に御用も残っております。吉原巡察はおっしゃる通りの公務にございますれば、酒席は習わしに従ってのかたちばかりの儀礼にございます。われら、これにて失礼致しまする」

「それは残念至極にございますな」

曲淵の一行は早々に席を立った。

吉原会所の戸口近くの座敷に四郎兵衛が待ち受け、筆頭内与力の進藤唯兼を手招きした。

「膳部に箸をつけていただく暇もございませんでしたな、折詰に致しましたゆえ、お持ち帰りいただきとうございます」

大きな風呂敷包みを差し出した。

折詰もなにも梅干ふたつに沢庵ふた切れの菜だ。

そうか、と進藤は膝を打った。

（四郎兵衛め、最後に手土産五百両を出しおったか）

と内心でほくそ笑んだ。

「遠慮のういただこう」

と素っ気なく答えた進藤が小者を呼んで、用意された風呂敷包みを持ち帰るように命じた。

だが、小者が受け取った包みから沢庵の匂いが、
ぷーん
と漂ってきた。

「四郎兵衛、これは」

「沢庵は田安家のご自慢のものでしてな」

「おのれ、覚えておれよ」

進藤唯兼が小者が抱える包みを叩き捨てると表へと飛び出していった。

「さてさて、風雅も心得ぬ金の亡者（もうじゃ）が、小心な内与力どのには同じ黄金色でも沢庵程度が似合いのものを」

と四郎兵衛が吐き捨てた。

翌日、吉原に対して北町奉行曲淵景漸の名で呼び出しがあった。

総名主三浦屋四郎左衛門、五丁町名主、吉原会所の四郎兵衛ら吉原の町役人は羽織袴に威儀を正して、呉服橋(ごふくばし)の北町奉行所に出頭した。

呼び出しの刻限は八つ半（午後三時）。

一刻ほど待たされて応対したのは筆頭内与力の進藤唯兼だ。

「昨日は厚い持て成し、奉行の曲淵様も大いに満足なされた」

進藤は昨日の怒りなどなかったかのような満面の笑みで言い出した。

「いえ、なんのご接待もできませず恐縮至極にございます」

「まさか田安様が同席なさるとは奉行も驚いておられた」

進藤は笑みを絶やさず昨日の巡察の細々(こまごま)を思い出話のように振り返った。それが四半刻、半刻と続く。

すでに吉原では夜見世が開かれる時刻だ。

「進藤様、畏(おそ)れながらわれらのお呼び出し、いかなるものにございましょうや」

四郎兵衛が進藤の取りとめのない話に割って入った。

進藤がじろりと四郎兵衛を見た。

「四郎兵衛、それがしの話、退屈か」

「いえ、そうではございませぬ。暮れ六つにございますれば、吉原は商いを始めた刻限にございます。総名主以下町役人が不在では廓内でなにかあった折りに対応もできかねます」

「心配致すな、そのために町奉行支配の面番所役人が詰めておるのだ。向後、さらに一層面番所を強化致す」

「吉原には元吉原以来の廓内の町政は町役人でという仕来たりもございますれば……」

「黙れ、四郎兵衛」

「はっ」

「そのほうら、吉原はあくまで官許の遊里、町奉行所の監督差配下にあるということを忘れるでない！」

「恐縮にございます」

四郎兵衛が頭を下げた。

「昨日の吉原巡察に奉行曲淵様、思う処数々あり。百七十年にわたる官許遊里の特権に胡坐をかいて、不都合が生じておるとのお考えを示された。そこでまず吉原会所の処遇を問題になされた。お奉行は吉原会所の一時閉鎖をこの際、正式なものとするお考えをそれがしに示された」

「あいや、お待ちくださいまし。四郎兵衛も申し上げました通り、廓内自治は元吉原以来、吉原に与えられた特権にございます。それを覆すというのであれば、南北両奉行の合意の上に老中におはかりなさる手順が必要かと考えまする」

総名主の三浦屋四郎左衛門が異議を申し立てた。

老中には、吉原に理解を持つ松平定信が就任していた。その実父は田安宗武だ。また曲淵はすでに辞職が内定した町奉行であった。それがひとりで強引に吉原の改革を断行することなど無茶といえた。

「承服しかねると申すか」

「南町奉行山村信濃守様、ご承知のことにございましょうか」

四郎左衛門が念を押した。

「今月の月番は北町である」

進藤唯兼は突っぱねた。

「進藤様、このような差配、南北両奉行様合意の上でお願い申し上げます」

四郎左衛門も必死だった。

吉原会所の停止は吉原町政の全面召し上げの一歩と考えられたからだ。となると、

「一夜千両」

と呼ばれる町の莫大な収益が取り上げられ、町政ばかりか既得の利権までもが幕府の出先機関たる町奉行所に握られることになる。

とはいえ、曲淵ひとりで吉原の町政改革を断行できるわけもない。

三浦屋四郎左衛門らは進藤の真意が、

「慰労金五百両」

の贈与にあると見ていた。だが、吉原が出せば、芝居町も魚河岸も蔵前も出さざるを得なくなるのは必定だった。

こたびの北町奉行辞職に際して慰労金はあくまで、

「仕来たり」

の範囲ということで合意していた。

ここは吉原の頑張りどころだ。

「よかろう、曲淵様が明日にも山村様と合議なされる。そのほうらに早々に通告したいゆえ、明朝四つ（午前十時）に奉行所に出頭せよ」

「明日四つにございますか」

「二度は申さぬ」

四郎兵衛の反問にぴしゃりと進藤が決めつけた。

四つの刻限、奉行所の門が開いたばかり、呼び出された吉原の町役人に面会など叶うかどうか、また長々と待たされるなと四郎兵衛は覚悟した。だが、

「承知しました」

とこの場は引き下がるしかない。

翌日、四つから吉原の面々は昼を挟んで三刻（六時間）待たされたあげく、

「奉行多忙につき、明朝同時刻に参れ」

と進藤が命じた。

もはや吉原と北町奉行曲淵の我慢比べだ。

「慰労金五百両」

を出せば無理難題を引っ込めることは目に見えていた。だが、吉原には芝居町の、魚河岸の、蔵前の先陣を切るという面目（めんもく）がかかっていた。

「総名主、こう毎日朝から呼び出され、ただ待たされるばかりでは仕事にも差し支えます。この辺で慰労金の値下げ話を持ち出されては」

と落としどころを言い出す町名主が出始めた。

「いや、ここは辛抱の一点張りです、われらからそれを持ち出すことはできかねます」

四郎左衛門がきっぱりと拒絶した。

「ともかくもう直ぐ月番が南町奉行所に変わります」

四郎兵衛も総名主に口を添えた。

膠着（こうちゃく）状態の中、吉原の町名主たちは朝から無益な北町奉行所通いを続けていた。

五日目、進藤唯兼は総名主らに帰宅を許したが、吉原会所の七代目四郎兵衛ひとりだけをさらに残した。

四郎兵衛が奉行所の通用口を出たのは九つ半（午前一時）に近い刻限だ。

四郎兵衛は待たせていた駕籠に乗り、ひとり吉原へと向けた。呉服橋を渡った駕籠は江戸の町を南西から東北へと抜けて、神田川に架かる浅草橋を渡り、御蔵前通りをひたひたと吉原のある山谷堀へと向かった。

だが、四郎兵衛は、九品寺（くほんじ）門前に差しかかったとき、左へ折れて六郷屋敷から浅草田圃へと抜けるように命じた。

駕籠が方向を変えた。
馬道にぶつかった駕籠は浅草寺寺中の門前を抜けて、六郷屋敷のある象潟町へと出た。
闇が深くなり、人の往来も絶えた。
四郎兵衛が簾を上げた。
六郷屋敷からおまんの弾く清掻が聞こえてきたと思ったからだ。
(幻聴(げんちょう)か)
四郎兵衛は連日の奉行所通いで疲労困憊(こんぱい)していた。
耳がおかしくなったかと思ったとき、駕籠がふいに停まった。
「どうしたな」
「四郎兵衛様、山崎蔵人様のようにございます」
駕籠舁き先棒(さきぼう)の声は長吉だった。
後棒(あとぼう)は梅次だ。
四郎兵衛は梅次が揃えた草履を履いて駕籠の外に出た。
六郷屋敷の南塀と畑屋敷の間の道にふたつの影があった。
四郎兵衛は妖しの辻斬り山崎蔵人に歩み寄った。

着流しの山崎蔵人の傍らには頭巾の武家がいた。

「なんぞ言い残されたことがございますので、進藤様」

「四郎兵衛、強情も時によりけり、命を縮めることになる」

四郎兵衛の後方、乗り捨てた駕籠の付近で足音がした。

数人の刺客が背後を固めたのだ。

「私を殺したところで吉原は変わりませぬ。進藤様、多額な慰労金も町政改革にも応じられませぬぞ」

「そなたで駄目なら、三浦屋四郎左衛門を始末致す。ふたりがいなければ吉原の町役人などどうにでもなる」

「それが奉行曲淵様の置き土産でございますか」

「蔵人、四郎兵衛を殺せ」

無法にも進藤唯兼が命じた。

「進藤様、そなたが抜擢なされた隠密廻り同心山崎蔵人は品川宿で妖しとか、妖しの辻斬りと呼ばれる人物とご存じにございましょうな」

「苦し紛れに虚言を弄するでない」

「すでに品川宿の御用聞きがその実態を摑み、南町奉行所と動いております。早晩、南町から北町へ山崎蔵人の引き渡しの願いが行きましょうぞ」

「なんと」

進藤が山崎を見た。

その瞬間、妖しの辻斬りが剣を抜き、左手一本に持った。

四郎兵衛の後方では、刺客たちと長吉、梅次らがぶつかり合う気配があった。

山崎蔵人の双眸（そうぼう）が細く閉じられる。

脇差が抜かれ、その右手に持たれた。

両刀が大きく広げられ、腰が沈んだ。

切っ先は地を向いて下げられている。

まるで大木の枝に止まった鳶が大空に向かって飛翔する直前のようだ。

双羽が大きく広げられ、水平になった。

すうっ

と虚空に飛び立とうとした瞬間、

「念流秘剣鳶爪にございますな」

山崎蔵人と進藤唯兼の背後から声がした。

振り向く視線の向こうに菅笠を被った着流しの神守幹次郎が立っていた。

さらに駕籠の付近での戦いに新手が加わった。

番方の仙右衛門ら吉原会所の面々だ。

「おのれ」

山崎蔵人の口からその言葉が漏れ、体の向きが変えられた。

幹次郎は菅笠の紐を緩めながら、右足をわずかに前に出して開き、腰を沈めた。

眼志流の居合で対決する意思を示したのだ。だが、まだ菅笠は手に持たれたままだ。

その間に妖しの辻斬り山崎蔵人は集中心と闘争心を神守幹次郎に向け直した。

幹次郎の背に四郎兵衛の、

「北町とてそやつが生きていては面倒にございましょう。神守様、始末してくだされ」

との命が投げられた。

「承知仕(つかまつ)って候」

山崎蔵人の両刀が再度水平に広げられ、腰はさらに大きく沈み込んだ。

気配もなく鳶が枝から飛んだ。

羽を動かすこともなく大気の流れに乗った。

すいっ
と地表を這うように移動し、虚空へと舞い上がった。

一気に生死の間合が切られた。

幹次郎は立ち遅れたかに見えた。

手には菅笠がまだ持たれていた。

鳶が羽をばたつかせた。

右手が捻られ、脇差が幹次郎の喉首に向かって飛んできた。

幹次郎の手の菅笠もまた投げられ、虚空で脇差と菅笠がぶつかり、菅笠を両断した脇差はわずかに方角を転じて畑屋敷の闇へと消えた。

ふたつに斬り割られた菅笠がくるくると舞いながら地面へと落ちていく。

山崎蔵人の沈んだ腰が伸び上がり、左手の剣が虚空を飛ぶ小鳥を襲うように回転して、嘴（くちばし）のような切っ先が幹次郎の喉元を抉らんとして伸びた。

幹次郎の菅笠を投げた手が柄にかかり、刀研ぎ師が豊後行平と見た二尺七寸の長剣が抜き打たれた。

白い光に変化した刃が飛来する鳶の嘴に伸びた。

ふたつの刃が虚空で交わり、火花が散った。

きぃーん！

刃が鳶の嘴を斬り割った。

物打から斬り飛ばされた山崎蔵人の剣が虚空に飛んだ。

両雄は肩と肩をぶつけ合うようにすれ違い、反転した。

切っ先から四寸（約十二センチ）ほどを斬り飛ばされた剣を構え直した山崎蔵人に、

「三木光琢老師の仇、おはな様に代わりて討つ」

「おのれ！」

幹次郎の剣はその瞬間、頭上に垂直に立てられていた。

「死ね！」

山崎蔵人が走った。

折れた刃が幹次郎に延びてきた。

幹次郎は十分に引きつけ、上段の剣を振り下ろした。

物打から斬り飛ばされた剣と二尺七寸の刃とが相手の眉間に向かって伸びていった。

だが、不動の姿勢で力を溜めた剣が折れた鳶の嘴を制した。

がつん！

という不気味な音が響き渡り、骨と肉を断つ感触が幹次郎の掌に伝わってきた。

存分に斬り割られた妖しの辻斬りは血飛沫を振りまくと後ろ向きに倒れ込んだ。

辺りに森閑とした空気が流れるほどに壮絶な一撃であった。

進藤唯兼は呆然とその光景を眺めていたが耳元に、

「筆頭内与力進藤唯兼様」

の声が囁かれた。

我に返った己の傍らにいつの間にか、吉原会所の七代目頭取四郎兵衛が立っていた。

「そなたの頼りは消え申した」

返事をしようとした進藤の目に四郎兵衛が細身の小刀を閃かしたのが見えた。

その直後、心臓（しんのぞう）に冷たい氷の感触が差し込まれた。

「そ、そなたらは……」

視界が暗く沈み、腰から力が抜けて、暗黒の世界が進藤唯兼を襲った。

どさり

と崩れ落ちた進藤を冷たく見下ろした四郎兵衛が仙右衛門らの戦いを確かめた。

形勢不利を感じた刺客たちはすでに逃げ去っていた。

「雉子も鳴かずば打たれまいに」

戦いの終わりを告げるこの言葉が四郎兵衛の口から漏れた。


吉原会所に灯りが戻ってきた日の夕暮れ、幹次郎は山口巴屋に汀女を迎えに行った。


ということはすべて収束したということだ。

騒ぎの翌朝、六郷屋敷と畑屋敷で発見されたふたつの骸は北町奉行所筆頭内与力進藤唯兼と隠密廻り同心山崎蔵人と分かり、大騒ぎとなった。

だが、その昼前に品川宿で妖しと異名を取る辻斬りが山崎蔵人の仕業と考えられるとの南町奉行所からの内々の訴えがあり、さらには念流三木道場からも道場主三木光琢を殺めたのが秘剣、

「鳶爪」

を盗んだ元弟子の兼康蔵人との訴状も出て、形勢は一転した。

さらに、なぜ同じ場所で妖しの辻斬りと目される隠密廻り同心と北町奉行曲淵の内与力が一緒に殺されていたかとの詮索が始まった頃合、同心山崎家から、

「婿蔵人衆道好みにて養子縁組を解消」

という訴えが出された。その結果、養子縁組を実際に仲介した進藤唯兼との間で諍いが起こり、その果てにふたりが斬り合って死んだということで決着をみた。今回の北町奉行所が起こした騒動が城中で大きな論議を呼び、南北町奉行所月番交代を当座止めて、両町奉行所から吉原面番所にひとりずつ同心を詰めて互いを監視させてはどうだという意見が出た。あくまで当座の改革だった。四郎兵衛はその人選について町奉行所から相談を受けて、南町奉行所隠密廻り同心村崎季光（むらさきとしみつ）を選んだ。

幹次郎は四郎兵衛から慰労の金子二十五両をいただいた。

汀女とふたりして大門を出て、

「久しぶりのお長屋、夕餉はなにを作りましょうかな」

「姉様、棒手振りの魚屋から中ぶりの鯵（あじ）を四匹購ってある。二匹は塩を振っておいたで焼き物でどうかな。大根も買ってある」

「馳走は飽きました。飯を炊いて、大根下ろしを作り、油揚げと千切り大根の味噌汁を作りましょうかな」

「それはよいな」

ふたりが五十間道から茶屋の裏手に回り、浅草田圃に出たとき、清掻が響いてきた。

「おまん様の三弦が聞こえてきますな」

ふたりは耳を澄ました。

「玉藻様からお聞きしました。近ごろでは遊里で弾く清掻を里清掻と呼び、六郷屋敷から聞こえるおまん様の爪弾きを象潟清掻と呼び分けるそうです」

「象潟清掻か、風雅な名じゃな」

花が行き　象潟の音　艶に満つ

幹次郎の脳裏にそんな句が浮かんだ。だが、とても口にはできなかった。

「おまん様の弾く調べは、遊女方の耳に千客万来、身請到来と聞こえるそうにございますよ」

遊女らの聴く調べは風流より利か。

ふたりは田圃の畦道に佇んで、しばしおまんの象潟清掻に聴き惚れた。

二〇〇四年七月　光文社文庫刊

光文社文庫

長編時代小説

清搔(すががき)　吉原裏同心(4)　決定版

著者　佐伯泰英

2022年5月20日　初版1刷発行

発行者　鈴木広和
印刷　萩原印刷
製本　ナショナル製本

発行所　株式会社　光文社
〒112-8011　東京都文京区音羽1-16-6
電話（03）5395-8149　編集部
8116　書籍販売部
8125　業務部

ISBN978-4-334-79333-3　Printed in Japan

組版　萩原印刷